水上人家

香港生活故事選

主編 霍玉英
繪者 高佩聰

目錄

序

薪火相傳，生生不息

香港教育學院中文學系副教授　霍玉英

小時候，家在偏遠的離島，除了四所鄉村小學外，島上並無社區建設，更遑論圖書館。學前，由描紅字「上大人」開始識字，然後踏進小學。成長中，只有老師贈送的「課外讀物」——升中補充練習，依稀所識的兒童文學，不過是母親哄我入睡的廣東兒歌罷了！一九九五年夏，我跨走進兒童文學的門檻，一路走來，滿路風景，但心裡不免納悶，香港兒童文學在哪裡？於是，沿著前人走過的路，我找到她的根、花葉與果實。

一九四一年創刊的《新兒童》雖已散佚，但「新兒童叢書」五十種讓我們看到創辦者的精神，以及「雲姐姐」黃慶雲的創作實績。創刊於一九四七年的《華僑日報》「兒童週刊」，數十載間培植不少本土兒童文學作家，像阿濃與何紫。初識一九五三年的《兒童樂園》創刊號，那全彩印刷令人驚訝，而羅冠樵的「小圓圓」與張浚華引介的「叮噹」（多啦A夢）更是華人社會一代又一代的成長伙伴。

劉惠瓊透過廣播與文字為孩子講故事，並於六十年代創辦《兒童報》。何紫加入《兒童報》後，即以生命點燃燦爛的光輝，八十年代創辦的山邊社與《陽光之家》正是這位「全方位」兒童文學工作者的明證。九十年代後，《兒童日報》、《木棉樹》與《螢火蟲》等先後創辦，六十多年來，兒童文學早已植根香土，並開出美麗的花果，而當年的小讀者也輾轉成為創作者，在這一片園地耕作。

本書收錄六位香港著名兒童文學作家的作品，包括黃慶雲、阿濃、何紫、嚴吳嬋霞、陳華英與周蜜蜜，作品先後獲得中港兩地重要兒童文學獎，是香港兒童文學的代表。

在〈屬馬的女孩〉，黃慶雲以活潑幽默的語言，既捕捉小騂好勝、愛比較的性格，又觸踫青春期少女的微妙心理。但如小騂在篇末所言，馬是群性動物，既可一馬當先，也可並駕齊驅，但不會萬馬齊響，作者輕輕一筆，帶出小驊成長中的感悟，令人莞爾。〈嬰兒車與輪椅〉本難以並論，作者卻巧妙地重疊小羽與爺爺病以嬰兒車與輪椅學步，但彼此互為呼應的事件，表現祖孫兩代的深情。

阿濃在〈空地上的約會〉留下無法實現的「約會」，讓人遺憾。然而，他正以成人世界的偏見與成規，反襯孩童的真純與天然，因為貧富高低從不是友誼的考量條件。〈聽，這蟬鳴！〉透過蟬和蜉蝣的故事，為讀者提供知識之餘，又切中保育自然的主題。篇末，阿濃以蟬聲單調，卻是美麗的夏日音樂作結，調子明亮，讓人快慰。

無論在人物命名與語言表達，〈水上人家〉充份表現了香港特色，讓讀者見到在急速發展城市的「遺跡」。再者，何紫筆下那滿口「金牙」的八姑，更道盡「水上人家」所受的壓迫。〈別了，語文課〉所寫的移民潮，不單見證當年歷史，還表現孩子對民族的一份認同，讀者彷如上了「最後一課」。

〈姓鄧的樹〉的主題涵蓋多層意義，嚴吳嬋霞藉著環境保育，娓娓道來新界錦田的歷史與風俗，再及父母離異的敏感題材，這都是香港急速發展的延伸問題。〈十一枝康乃馨〉是成長小說的佳篇，欣欣和美琪彷彿是《一百件洋裝》的佩琪和瑪蒂，分別在愛慈和汪妲的身上，體會了「生長痛」。

陳華英在〈人猴之間〉篇首即故設懸念，以宜人秋景對比輝仔沉重心情。其後，她藉石梨水塘那「一家四口」，反襯輝仔的破碎家庭，觸碰家庭離異的傷痛。猴而如此，人何以堪？再如〈朱古力與牛奶糖〉所展現的鄉村生活，作者不單讓長居都市的香港小孩大開眼界，也教成人讀者再嘗童年的快意。

表現艱苦奮鬥主題的篇什，有時難免有說教意味，但周蜜蜜以人物今昔的重疊，在〈風球下〉塑造了令人振奮的人物形象。祖父在艱苦中栽培何文志，成長中的他抱著同理心，關顧天真調皮的龍仔，因為「我們這種人家，讀書真不易，要爭氣，要爭氣啊！」〈寧寧觀鳥記〉的保育主題甚明，但透過擁有動物學碩士頭銜的小舅娓娓道來，香港的「小鳥天堂」——米埔彷在眼前，讓讀者對環境保育有了初步的認識。

從四十年代至今，香港兒童文學生生不息，年輕作者接過薪火後，也變化簇新的花果，代代相傳。

我深信，兒童文學是一方安樂土，我們可以安居於此，長居於此，並永葆童真。

黃慶雲

黃慶雲，人稱「雲姐姐」。從四十年代開始，即以寫作、編輯、教授及翻譯兒童文學爲主要工作，並筆耕不輟至今，出版作品超過一百五十種。作品體材廣泛，屢獲獎項，包括「冰心文學獎」與「香港文學雙年獎」等。部分作品翻譯成英、法、德、韓、日、西班牙及烏爾都文。

屬馬的女孩

我的名字叫方小驊。

如果你對我說：「你一定是個男孩子吧。」那就正中下懷了。我就是一個要人猜不透的女孩子。

我的本名叫小華，這個名字可男可女，而且普及得像阿福、阿壽之類。有一次，我到醫院看病，因爲丟失了診療證，醫院開了電腦給我查，一間醫院竟出現了三十個方小華。

因此，媽媽便建議在我的華字上加一點與衆不同的東西。

「與衆不同」，正合孤意。加什麼好呢？

媽媽常常說
我好勝，好出人頭地，
就像一匹不羈之馬。我並不否認，
而且反駁媽媽說：「這有什麼不好？難道只有好
輸，甘居人下才算好嗎？我就是喜歡馬。馬的能耐只有在賽跑
的時候才最能發揮出來。一隻馬兒蹓蹓躂躂跑花步沒意思，一群馬兒就你追我
趕，既能超越別人，又能超越自己啦。」
因此，我說：「就把馬加上去，叫小驊吧。」
媽媽說：「瞧你的！不過你是屬馬的，也好，就做一匹好馬吧！」

好馬眞不容易做！就看看我和張婉芬。她是全班的精英，特別是語文科，成績突出。我從初中一年級起，就暗裡跟她比賽，步步爲營，眞的連一個馬鼻子的距離也不讓。每年選舉班長，不是她就是我。競爭有什麼不好呢？

到了初中三年級上學期，形勢來了一個大轉變。班上突然來了一個插班生——周力高，此人眞如其名：「高」，成績高，身材高，這是人所共知的了。而「力」，一種說不出的魅力，我只在心裡悄悄的感覺到。他打得一手好網球，代表學校出賽，每次總能奪得錦標回來，帶動了全班的尚武精神。班長這榮銜就落在他的身上，當中也有我投的神聖一

票哩。當然，過去選班長時我也投張婉芬一票，我方小驊總不該投方小驊一票的。但是，在張婉芬名字上剔一剔時，心裡總不免有一點酸溜溜的味道，好像賽跑時來一個讓步賽一樣。可是到了在周力高的名字上一剔，我就毫不猶豫了。

不但如此，我自己也就變得重武輕文起來，有時還跟周力高學打網球哩。我一學就非常投入，我覺得打網球是體力和體型的結合，是力和美的結合。特別是與一個和你有呼應的人一起打球，球在飛，人在說笑，那還不好過嗎？

有一次，我問周力高，我的網球打得怎樣了，他說：「可惜我沒有把照相機帶來，否則我一定把你的幾個鏡頭寄到世界網球專刊《溫布頓雜誌》去。」

我說：「你沒弄錯吧？」

他正經地說：「絕對沒弄錯，《溫布頓雜誌》高稿酬徵求打網球的各種怪姿勢的照片，做反面教材哩。」

我帶嗔笑的把他當作網球，用球拍打了他一下。

平常，別人這樣的侮辱我可受不了，眞奇怪，這次我卻非常欣賞他的幽默感，還津津樂道地對別人複述。

這樣的一個小玩笑，沒有在我心投下一個自卑的影，反而使我從一個天平上拿到一個砝碼似的。

平常大大剌剌的我愈來愈變得觀察入微，感覺入微了。

植樹節那一天，我們全班到郊外植樹。周力高又是那麼爽朗地對我一笑，說：「你是個女強人，敢接受挖樹洞的任務嗎？」「當然！」我毫不在乎的答應下來，也就拚死拚活的在流大汗，使大勁了。可這時哩，我看看張婉芬，她分配的工作不過是灑灑水，定定根，輕鬆愉快，潔白的校服沒有沾上一點泥巴，沒染過一滴汗水，連頭髮一根也不亂哩。我愈挖泥心裡愈難受，滴在樹洞裡的汗水簡直就是我流的眼淚啦。

到了下學期，學校大掃除，周力高又在分配工作，我忍受不住了，故意逗他說：「力高，你好好安排一下吧，你不是挺會照顧人的嗎？」

他說：「好！就給你一個唯一的優差抹抹窗門吧。」

我心安理得地微微一笑接下來。到我端來了椅子，爬上去抹灰塵的時候，回頭一望，周力高正和張婉芬雙雙赤著腳在通溝渠、剷污泥，又說又笑，好不高興，而我卻成了一個獨行俠。

唉，你這周力高，究竟在照顧誰哩！

但是，前天我在路上遇見周力高，卻又是一次峰迴路轉了。他叫住了我，對我說，我們班參加了電視台的校際語文知識比賽。班主任李老師把幾本漢語語法交給他，叫他分給同學閱讀，好做準備。他把一本書交給我：「小驊，先給你吧！」

「先給你」，那「先」字多麼甜啊！

我一下子脫口而出：「那麼，你——」我想說的是「你有給張婉芬沒有？」不！這樣的問題是說不出口的，我馬上改了口：「那麼，你自己呢？」

他說：「不要緊，我現在還得準備球賽。這是全市第三次網球賽，我的對手是崇文中學的吳天柱，他是前兩屆的冠軍，可不能掉以輕心的。」

我接過了書，高興地說：「祝你勝利，爲學校爭光！」

這一夜，我開夜車把那本漢語語法讀完，全都牢牢記在心上了。

第二天一早，張婉芬忽然到我家裡來，問我：「喂，小驊，李老師的漢語語法，你拿到了嗎？」

我不假思索，回答她說：「沒有！」我想，這是周力高和我之間的秘密吧。她要借，我偏不給。

張婉芬說：「哦，那麼，我找別人去好了。」

她走了，我媽媽問我說：「驊驊，我晚上還看見你在讀著漢語語法，爲什麼不借給她呢？」

我只好紅著臉說：「那是周力高給我的，我哪知道人家高興不高興借給她？」

媽媽說：「班長不至於高興借給這個，不高興借給那個的吧？」

我賭氣說：「那你就問問周力高好啦！」

說曹操，曹操就到。不一會，周力高竟到我家來了。我說：「你今天不是比賽的嗎？怎麼有空到我這裡來？」

他說：「不用比賽了，有人棄權了。」

我問：「是怎麼一回事？」

他說：「那位吳天柱生病發燒，怎好出賽呢？」

我說：「那麼他棄權，我們勝利了？」

他說：「不！棄權的是我。吳天柱的體育精神好，帶病也要堅持參賽。」

然後，他天眞地笑起來：「那麼，小驊，你說，我能夠趁他病，要他命嗎？」

我說：「哦，是的，原來如此！」

他又問我：「張婉芬來過沒有？」

我說：「她來過了。」

他說：「你有把漢語語法給她嗎？」

看，又是她！我只好說：「我還以爲讓我看完才給她哩。要給，就給她吧！」

周力高說：「好，你就把書給我！」

我眞的想哭了。

周力高也沒有看我的表情，他一個勁的說下去：「這是李老師叫她通知各人的，那本漢語語法是有錯誤的。因爲我今早去了崇文中學，張婉芬怕你給這本書誤導了，特地來把書收回去，現在，把書拿給我好了。」

我低頭說：「那麼，你等我把書找出來。」

我進到房裡，其實我哪裡用得著去找，書不正好好地擺在桌子上嗎？

我看看這書，媽媽也看著我。

我一掉頭就走出來，說：「力高，我自己交給婉芬吧，我還有些事要和婉芬說。」

力高說：「那也好，那我通知別的人去，你們女生天天在一起，總是有說不完的話的。我剛才到崇文中學，看到人家的女生打球眞夠勁。我今天棄權，小驊，我希望有一天跟你和他們來一個混合雙打，重新給學校擦擦招牌哩，你敢嗎？」

我嗤的一聲笑出來：「我才不！你

想沾我的光，把照片寄到《溫布頓雜誌》去嗎？」

他也嗤的一聲笑起來了：「豈敢！那不過是給你開玩笑罷了。說眞的，你那反手抽球和攔網眞有一招。果然是有姿勢有實際，現在愈來愈勁，連我也有時招架不來哩。我這次說的是認眞的。」

我停了片刻，便說：「力高，我也是認眞的。我該像你組織班裡的男生一樣，也把女生組織起來。將來不單有男女混合雙打，還有女單、女雙，給學校大大擦亮招牌。我這就告訴張婉芬去。」

周力高說：「是的，她也該鍛鍊鍛鍊了，她老是重文輕武是不行的。」

我說：「別看扁人，她一投入，連你也會給打沉哩！」

周力高笑了，說：「你們女生，眞是一個也不能碰，我認輸了。我們都是屬馬的，我還以爲跟你來個混雙，可以並駕齊驅，原來你想著並駕齊驅的是女雙哩！那我就得拭目以待了！」他嘻嘻哈哈的走了。

媽媽從房間走出來，看著我說：「怎麼，他也是屬馬的？」

我說：「當然啦！我們全班都是同一年出生，張婉芬也是屬馬的。」

媽媽說：「那麼你們大家都懂馬性了？」

我點頭說：「是！馬愛比賽，馬好勝，但更重要的馬是群性動物，牠可以一馬當先，可以並駕齊驅，但永不會萬馬齊響的啊！」

原文出自《屬馬的女孩》，香港：螢火蟲文化事業有限公司，二〇〇四年。

嬰兒車和輪椅

小羽搬了許多次家，每搬一次，媽媽和爺爺就有一次爭執。關鍵就在於一部嬰兒車。媽媽說：「小羽早就不坐它了，搬家就得有個新天地啊！」爺爺卻說：「但它是小羽坐過的，有了它我才有新天地呀！」媽媽拗不過他，只好在貯物室的一個角落裡，留一個位置給這嬰兒車。

然而，嬰兒車的眞正位置，可不在貯物室。在爺爺第一次領到退休金之後，到百貨公司千挑百選的買了這部豪華的嬰兒車。車子在他手上推進門時，小羽也在媽媽手上從醫院抱回家裡來了。媽媽看了這車子，問了價錢，向他抱怨說：「看你花

了那麼多的錢！」他卻說：「這是人生第一次呀！就像新娘子入門，沒有架勢花轎來迎接，行嗎？」媽媽說：「可小羽是個男孩子啊！」爺爺卻說：「玉女值千金，金童是眞金啊！」

故事之二，那天，在嬰兒車旁邊，守護神爺爺打起瞌睡來了。忽然，「骨咚」一聲巨響把他驚醒，原來小羽連人帶車翻到地上了。小羽還來不及啼哭，爺爺就狠狠地敲著自己的頭：「這是什麼日子了，我落得這樣糊塗呀！」他抬頭一看日曆，才來了個大發現：「小羽，這是你的兩周月啊！」媽媽在這時下班回來，爺爺迫不及待向她報告了一個驚人的消息：「小羽兩個月就能夠翻身了！常言道，『三翻六坐九扶離』，一般的孩子，要到三個月才會翻身的。」於是，孩子大叫，爺爺大笑，共同慶祝這個神奇小子奇蹟的發生！

故事之三，九周月快過去了，神奇小子的另一個奇蹟——「扶離」始終沒有出現。他總是留戀著那部豪華車子，不願離開。這天，爺爺再也等不了，毅然把孩子抱下地，讓他雙手抓著嬰兒車的扶手。孩子回頭望著爺爺，撇著嘴，用無聲的語言要爺爺抱他，可是爺爺不但不抱他，還放開了手，大聲的叱喝他。爺爺說，他從來沒有對小羽那麼叱喝過的。他像一個將軍叱喝著士兵一樣：「一！二！一！二！」小羽害怕地跟在他旁邊，扶著車子，舉起了一隻腳又放下來，考慮著繼續哭還是繼續走路。

正在這時，媽媽又下班回來了，一看，傻了眼，說：「畢竟是九扶離的時候了！」也正在這時，奇蹟出現，小羽忽然放開了嬰兒車的扶手，向媽媽蹬蹬蹬的走了過去。

大將軍這時才眞灑下了英雄之淚，說：「怎麼才是時候？他不扶離，是走路呀！」

媽媽瞇瞇的笑著：「看他走的，胖敦敦，八字腳，活像他爺爺哩！」

小羽愛躺在嬰兒車裡聽故事，爺爺說來說去的只有《西遊記》。不過，他會教小羽學孫悟空七十二變哩。凡是小羽今天想要什麼東西，明天拔一根毫毛在掌上一吹，那件東西就會出現在他面前了。車子上很快就載滿了米奇老鼠、雞蛋糕、巧克力之類了。可是小羽拔的毫毛不是自己身上的毛，而是爺爺下巴上稀疏疏的鬍子。爺爺對小羽說：「別扯自己的頭髮，會很痛的！」

這類故事說多了，就像粵語長片一樣，動人可是老掉牙了。每到爺爺想述說一番時，媽媽就取笑他：「看，爺爺嬰兒車的滑鼠又開動啦！」這樣，爺爺只好一笑，收了掣。

現在，小羽已經是高中學生，這個暑期還做了暑期工哩。爺爺也更老了。有一天，他在街上摔了一跤，進了醫院，手術之後一個月才能出院。

小羽結束了他的暑期工，買了一張輪椅，當他把輪椅拿回家的時候，恰恰正是媽媽從醫院把爺爺接出來之時。

爺爺看見面前的輪椅，輪子閃著銀光，坐墊簇新發亮，禁不住又開動起腦子裡的滑鼠了。他說：「小羽，現在輪到你買輪椅送給爺爺，太辛苦你了。你記得我迎接金童那日子嗎？」

小羽哪會記得？那時他還不懂事哩！他說：「爺爺，我一點不辛苦，我只是吹一吹毫毛罷了！」

從這天起，小羽上學，爺爺就坐在輪椅上；小羽放假，就推著爺爺到戶外到處蹓蹓。

這一天，小羽參加校運會，提前回家，還沒有進門，就聽到裡面「骨咚」一聲巨響。他衝進屋裡，看到輪椅是空著的，爺爺倒在地上了。

「爺爺，你怎麼啦？」他慌忙走到爺爺身邊：「你沒傷著嗎？」

爺爺說：「沒有！」

小羽伸手扶他起來，爺爺卻說：「不！用不著！我自己會起來！」

小羽還要再扶，爺爺就大嗚一聲：「不許動我！」

媽媽正好這時下班回家，不明白是什麼一回事，向小羽說：「還不去扶爺爺？」

可是，再不用問了，爺爺已經爬起來，用自己的腿走路了。

小羽母子倆都驚喜地叫起來。

爺爺說：「沒什麼，我不過天天練習就是！」

他又問：「我走得怎麼樣？老老實實告訴我！」

媽媽說：「啊，就像小羽放開嬰兒車那陣子一樣，胖敦敦的、八字腳的。」媽媽的眼睛濕潤了，你看到一個小孩子學大人走路和看到一個大人像小孩子走路，那個分別是說不出來的啊！

於是，爺爺就下令不再要輪椅了，把它放到貯物室裡。

小羽說：「貯物室那麼小，放了嬰兒車還放得下輪椅

嗎？」

爺爺說：「那還不容易？疊起來放就是了！」

從此，在貯物室那角落裡，輪椅中間就放著嬰兒車，像老爺爺抱著孫子那樣，永遠永遠那樣。

原文出自《屬馬的女孩》，香港：螢火蟲文化事業有限公司，二〇〇四年。

阿濃

本名朱溥生，歷任中小學及特殊學校教師共三十九年，退休後移居加拿大，並繼續寫作。《阿濃說故事100》獲香港「香港文學雙年獎」；劇本《天生你材》拍攝成電視劇後，獲紐約電影電視節銀獎、芝加哥電影電視節銀獎；《樹下老人》獲「陳伯吹園丁獎」；《是我心上的溫柔》獲「冰心兒童文學獎」。

空地上的約會

這塊空地據說是準備做公園的，可是還未見動工。空地邊長滿了雜草，中間是一塊大沙池，雖然有不少坑坑窪窪，卻有不少孩子在這裡騎單車、踢足球。

安安和芬芬就住在附近的大廈裡，從他們家的露台上也可以看到這塊空地。每天他們都搬張小枱子在露台上做功課，因爲那裡光線比較好，可以不用亮燈。還有，當功課做得悶了，又可以看看空地上孩子玩耍的情形。

安安和芬芬有時也到空地上玩，那多數是跟爸爸在一起。爸爸跟媽媽說過，空地上人雜，他不放心兩個孩子自己去玩。

今天是星期五，明天和後天都不用上課。兩個孩子把功課做好之後，都想到空地去玩。尤其是他們有一部新買的BMX單車，總共才騎過兩次，在空地上騎單車，是再好不過了。

可是爸爸正爲生意上的事忙著寫信，不肯陪他們去。

「讓我們自己去吧！」芬芬懇求地說。

爸爸遲疑了一下，又到露台去看看空地上的情形。今天空地上的孩子不多，又沒有人踢足球，於是爸爸說：

「好吧，玩一會兒吧。不過要自己小心呀！」

兩個孩子歡呼著把單車推出去了。

芬芬剛學會騎車，她只是規規矩矩地在沙地上繞圈；安安卻想學電視上看到的衝斜坡一百八十度轉身。他試了一次又一次，還跌了兩跤，最多才轉了九十度。那單車上的油漆卻擦花了幾處，雖然妹妹沒有說什麼，安安自己也覺心痛。

兩人玩得又熱又倦，把單車停放在身邊，坐在一塊大麻石上休息。

這時一個渾身墨黑的男孩子走近他們。他穿著背心、波褲（運動短褲），趿著拖鞋，以鑑賞家的眼光打量那架閃耀著亮光的新單車。

「好漂亮呀！」那孩子搭訕說。

安安和芬芬警惕地看著這個陌生者，沉默著不說話。經驗告訴他們，只要稍微表達出一點善意，對方就會開口借單車。

「多少錢買的？」那男孩似乎對他們的冷淡不以爲意，又繼續問了。

芬芬別過臉不理他，安安卻聰明地坐到車上踏到遠處去了。

這時空地上忽然歡蹦亂跳的衝來了一隻大黑狗，伸著長長的紅舌頭，氣咻咻地到處亂嗅。牠先嗅嗅那男孩的小腿，還在他的腳背上舔了一下，跟著走到芬芬腳邊。

芬芬嚇得尖叫一聲，差點從麻石上跌下來。

去。

「阿財！」那男孩對黑狗一聲呼喝，隨手在地上拾起一根樹枝，向遠方擲去。

黑狗離開了芬芬，飛也似地衝過去啣起了樹枝，又飛也似地回到男孩身邊，討好地單用後腳站立起來。男孩接過了樹枝，拍拍黑狗的頭，把樹枝擲去更遠的地方，那黑狗又像一隻小馬似的奔過去了。

芬芬看得有趣，已經忘記了害怕，擦擦眼角的淚水，問那男孩：「這狗是你養的？嚇死我了！」

「不是我養的，不過我常跟牠玩，牠很聽話——阿財，請請！」

阿財果然把兩隻前腳屈曲在胸前，單用後腳站立作起揖來。

這時安安也已回來，放下單車，一同欣賞阿財的表演。阿財眞是一隻聰明的狗，玩了許許多多的花樣。最使安安和芬芬驚嘆的是阿財似乎會數數目，起碼能夠由一數到三。因爲那男孩拍一下手掌，阿財就吠一下，那男孩拍三下手掌，阿財就吠三下。

假如不是後來又來了一隻小花狗，阿財還會繼續表演下去。可是小花狗一來，阿財就連忙追過去，跑得無影無蹤了。

「你叫什麼名字？」安安問。

「我叫黃得寶，不過只有媽媽叫我阿寶，別人都叫我黑仔。」阿寶一邊說一邊羨慕地摸著那部單車。

「你想騎車嗎？我們借給你騎。」安安說的時候看看妹妹，芬芬點點頭，原來她也正想這樣說呢！

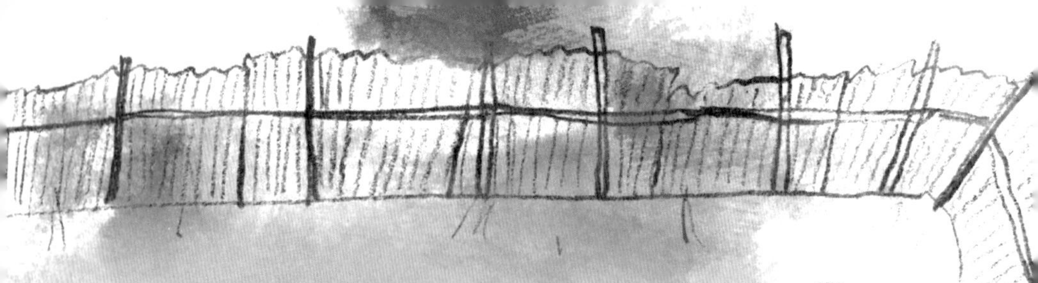

阿寶高興地飛身一跳上車，他們想不到這位新朋友竟有那麼高明的單車技術，衝斜坡一百八十度轉身對他來說，眞是易如反掌。他還指導安安學習這個動作，經過一番努力，安安終於勉強做到一次，歡喜得合不攏嘴來。

「明天你再來教我好不好？」安安向阿寶提出了請求。

「明天你再叫阿財表演給我們看！」芬芬補充說。

於是大家約好了明天同樣的時間在空地見面。阿寶還答應帶一個籐圈來，讓阿財表演更精彩的動作。

當他們正準備說再見的時候，安安和芬芬的爸爸忽然來了。他用很不和善的眼光看了那男孩一眼，沉著臉說：「好回家吃晚飯了！」

爸爸說罷就一聲不響地帶頭往回走，安安和芬芬見他滿臉不高興的樣子，也默不作聲地跟在後面。

走了十來步，芬芬忍不住回頭望去；阿寶也正呆呆地望著他們。芬芬向他

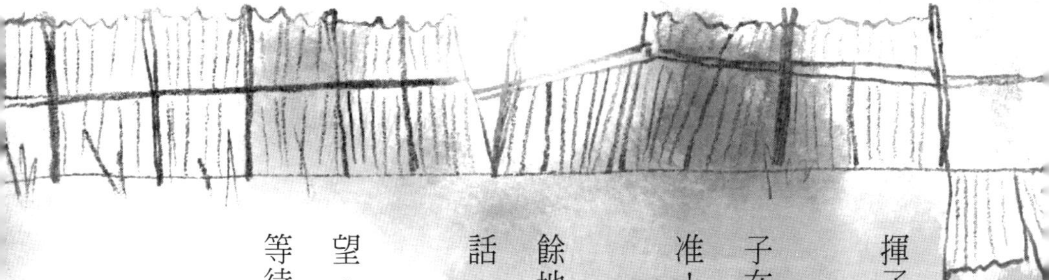

揮了揮手，阿寶忽地轉過身去，把一枚石子擲去很遠很遠的地方。

快到自家門時，爸爸對他們說：「我在露台上看見你們和那孩子在一起，和這樣的野孩子一起玩，對你們沒有好處，以後不准！」

爸爸說得很威嚴，斬釘截鐵的，完全沒有商量的餘地。他沒有看到兩個孩子的臉色，假如他看到的話，他便會發覺他們是多麼的不滿和失望。

明天下午，安安和芬芬將會從家裡的露台上向下望，他們會看見那曬得墨黑的新朋友，正在空地上徘徊等待。他手上拿著一個籐圈，身邊還有一隻歡蹦亂跳的大黑狗。

原文出自《瘦日子變肥日子》，香港：新雅文化事業有限公司，一九八四年十二月。

聽，這蟬鳴！

九龍塘歌和老街有一座小公園，翠玲和德德時常去。裡面有個兒童遊樂場，卻很少人來玩；翠玲和德德可以玩完一樣又一樣，不用等也不必爭。

不過他們差不多有半個月沒有來過了，那是因爲學校考試，兩姐弟要留在家中溫習。考試一完，便是暑假，兩人的心輕鬆得像長了翅膀，放假第一天的早上，便跑到公園裡來了。

半個月沒來，公園的草好像比以前長了，樹葉好像更濃更密了，而蟬也好像叫得比以前更響了。

「看，那樹上有好多蟬呀！」德德嚷著說。

翠玲隨著他的手指看去，果然見一棵棵矮樹的褐色樹幹上，高高低低的伏著十多隻蟬。旁邊一棵樹上卻一隻也沒有，大概因爲這棵樹的樹皮顏色淺，蟬

兒們怕蹲在上面容易被人發覺吧。

德德走向那棵有蟬的樹下，想伸手捉蟬，離樹還有兩三尺，那群蟬已經吱吱的四散亂飛，樹幹上一隻也沒有了。

德德心想：「牠們的眼睛好利啊！」

這時卻見一個穿背心、著拖鞋，曬得黑黝黝的小男孩，躬著腰躡手躡腳的走近另一棵褐色的樹，一舉手便再捉住一隻，吱吱的在他手上叫著，再不像在樹上唱得那麼悠閒，聲音中飽含著焦急。

德德也學那小男孩的樣子，矮著身子慢慢移近一棵樹，那樹上的兩隻蟬果然沒有發覺。德德再慢慢伸出手去，移近其中一隻，這時他的心緊張得砰砰地跳。終於他迅速地一抓，蟬兒到手了，另一隻吱的一聲飛走了。

德德用兩隻手指，輕輕拈著那蟬的腰間，但見牠的六隻細腳在空中撐拒著，卻不發聲。不像那小男孩手上的一隻，一直叫個不停。

「爲什麼這一隻不會叫？」翠玲走近來看。

「啞的！」那小男孩說。

「你這隻是雌蟬，所以不叫。」樹蔭下一位正在看書的中年人插嘴說。

「黐線？蟬也會黐線嗎？」德德把「雌蟬」聽成神經病的「黐線」。

「我說的是雌蟬，即是女性的蟬，公蟬的太太。唔，蟬先生有福了，他的太太從來不會在他耳邊囉嗦，因爲她是啞的。」

翠玲想：「這位先生的太太一定很囉嗦了，不然他不會羨慕起蟬來。」

「爲什麼雌蟬不會叫呢？」德德問。

中年人一手一隻，把德德和那小男孩手上的蟬借去，反轉了牠們的肚皮給他們三個看。那吱吱叫的一隻胸部下面有兩塊三角形的板，正不停顫動著，聲音便是從那裡發出來的；另一隻不發聲的便沒有這樣的兩塊板。

中年人還叫德德試用手指搔那公蟬脅下的板，果然牠叫得更響了。

「牠怕癢呢！」翠玲說。她自己很怕癢，只要有誰作勢要「唧」她的兩脅，她便全身酸軟，笑個不停。

「蟬是我小時候的玩具，不用花錢買的。」中年人說。一些回憶似乎正出現在他腦海中，他繼續說：「光是蟬，便有許多玩法。有時我們用黑墨搽黑牠的一隻眼睛，然後放走牠。牠一衝到半空之後，便在天上打轉，那是因爲牠只有一隻眼睛看到光，便老是向那邊轉……」

「那不是很可憐嗎？」翠玲說。

「是呀，小孩子總是喜歡惡作劇。記得村裡面有棵大樹，樹上有無數的蟬，白天叫成一片。我們一班小孩，夜間在樹下燃起一堆火，然後用長竹竿在樹枝樹葉間亂打。受驚的蟬紛紛向著火光飛來，像下雨似的，成百隻蟬葬身在火堆中。待燒熟後，我們便從火堆中揀來吃，只有胸部一點點地方是可以吃的，味道像瘦肉。」

「你們不覺得殘忍嗎？」翠玲皺著眉頭噘著嘴說。

「那時候好吃的東西少，只要是能吃的東西都不肯放過。我們吃野果山稔，吃花心的蜜糖，吃野蜂巢裡的幼蟲……。」

「蟬是吃什麼的？」德德看著蟬的嘴部問，那裡有一枝形狀奇特的小管。

「古人說牠餐風飲露，用牠比喻高潔的君子，實際上牠是吸食樹汁的，就像你們飲汽水用吸管一般，牠們運用天生的吸管。」

「蟬爲什麼只在夏天叫？是不是牠們怕熱，在那裡嚷著好熱呀！好熱呀！」德德又問。

「蟬的幼蟲是住在泥土裡的，根據法國有名的昆蟲學家法布爾說，牠們最少要在黑暗的地下生活四年，才揀一個夏日鑽出地面，換下醜陋的外殼，長出美麗的透明翅膀，在陽光下高聲歡唱。」中年人把蟬還給孩子們，抬頭看著綠蔭中的鳴蟬。

「蟬有多長的生命？今年唱了，明年夏天還會唱嗎？」翠玲問。

「據說牠們出土之後，只有一個多月的生命，牠們的演唱會開完之後，也就要離開這個世界了。」那位先生說。

「難怪牠們叫得這麼盡力，時日無多啊！」翠玲不覺有點傷感。

「比起一種叫蜉蝣的小蟲來，牠們已經是長命的了。蜉蝣由幼蟲變爲成蟲之後，只有幾小時或者一兩天生命，所以古人說牠朝生夕死。」

「這樣的生命有什麼意思呢？」德德不禁懷疑。

「我們人類可以活到八九十歲，看來比這些昆蟲長久得多。可是和無窮無盡的時間長河相比，何嘗不是一瞬之間？所以，我們要好好珍惜寶貴的時間啊！」中年人拍拍德德的肩膊說。

「你是不是老師？」翠玲問。

「是呀，你怎麼知道的？」中年人微笑著說。

「聽你講話便知道了。」翠玲得意地說。

「唔，我們教書的總是道理多多，習慣難改。」

「我們學校裡的老師很惡，不像你這麼好人。」那穿背心的小男孩說。

「你讀幾年級啦？」這位老師問。

「五年級。」小男孩回答。

「唔，數學和英文都很難，是不是？」

小男孩深深地點頭。

「你爲什麼搶我的蟬？快還給我！」一大一小兩個男孩跑了過來。大的在前面走，小的在後面追。

「你不還給我，我回去告訴阿爸！」小男孩見追不到，便停下來，又作出準備回家的樣子。

「喏，還給你了！」大男孩把他手上的蟬往地上一丟，但見那蟬在地上亂

撲亂轉，吱吱地叫著。

小男孩把蟬從地上拾起一看，隨即嚷道：「啊，你壞！你把牠的翅膀撕破了！你快賠我一隻！」

這時大男孩早走得無影無踪，小的不見了哥哥，把那受傷的蟬往地上一摔，也跑掉了。

那位老師拾起在地上掙扎著的蟬，看到牠一邊翅膀已被撕去，另一邊也只剩半截。

「可惜！」他歎息了一聲，把牠放在附近的樹幹上。

「這裡不安全，不如把牠放高一點。」那穿背心的小男孩說。

跟著，他把手上的蟬交給德德拿著，捉住那隻受傷的蟬，貓也似的爬到樹頂去了——幸而沒有公園的管理員看見。他把那隻蟬放在高高的枝椏上，看到牠緊緊地抓住樹枝，才又靈活地爬了下來。

這時稍微靜下來的蟬鳴，忽然又變得響亮。

「唔，牠又在唱了！」翠玲說。

大家不知道是翠玲的耳朵靈還是眼睛利，能夠聽到或是看到這隻受傷的蟬又在唱歌，不過卻又都同意她的判斷。

「這兩隻蟬怎麼辦？」德德舉起手說，「我提議——」

「放了牠們！」三個孩子一起說。

「一二三，發射！」德德手一鬆，兩隻蟬同時飛上了半空，兜了半個圈，各自躲進一叢樹蔭裡去了。

這時似乎整個公園的蟬同時叫了起來，響成一片。多麼單調而又美麗的夏日音樂啊！

原文出自《聽，這蟬鳴！》，香港：山邊出版社有限公司，一九九九年二月第八次印刷。

何紫

原名何松柏。中學畢業後，曾任教師三年，後轉任《兒童報》編輯六年，開始兒童文學創作。一九八一年與友人創立「香港兒童文藝協會」，任創會會長。同年，創辦「山邊社」，出版兒童及青少年讀物。一九八六年創辦《陽光之家》月刊。《少年的我》獲香港「香港文學雙年獎」。

水上人家

這學期的新同學，也是我的鄰位——陳月娣，星期四沒有上課，接著星期五也沒有上課。記得上星期我幾次說要到她家裡去玩的，她曾告訴我，她的家是一艘船。這個有趣的「家」一直吸引著我呢！可是，不知爲什麼，她總是推說這個，推說那個，好像有意不讓我去她的家。她的性子雖然很爽直，但有時又有點自卑。有一次，我問起她爲什麼左耳戴著耳圈子，右耳卻沒有戴。她聽見了，馬上漲紅了臉，不說半句話就飛也似的跑了。又有一次，老師代學校派發給家長的信，唸到她爸爸的名字——陳初六，同學們都禁不住哄笑，她聽見，就伏在桌上哭起來。不過，她畢竟是顯得爽直硬朗的時候多，例如，上體育堂，她常常叫同學們吃驚呢！拉單槓，她可以一口氣上上下下的拉二十多

下，叫一些男同學也面紅。練習長跑，她跑了十多個圈回來，氣也不喘一口。同學們都暗暗給她一個綽號，叫她做「大力娣」。

可是，我們的「大力娣」三天沒有上課了。

星期日上午，班長和幾位同學來找我，說要去探望一下陳月娣。可是，她只是告訴過我她住在筲箕灣海旁的住家艇上，海旁的船可多啦，誰曉得那一隻船是她的家？後來，班長想到一個好辦法，他說：「我想起來了，她的爸爸不是叫做『陳初六』嗎？我們可以到海旁問問啊！水上人家大都互相認識的。」於是，我們一起到海旁去了。

我們四個人剛來到海邊，馬上有兩隻艇撐來，撐艇的人都是女孩子，年紀和樣貌都和陳月娣相彷彿。她們嚷著問道：「要艇呀？開海釣魚呀？遊河呀？」她們急著做生意的態度，使我不知所措啦！幸虧班長立即說：「不，不，我們要找人。請問……請問你們可知道陳初六住在哪隻艇的？」她們差不多齊聲答：「這裡有三個陳初六呀，你們找那胖的、瘦的、還是那跛腳的？」我們聽見，都呆住了！我們壓根兒沒有見過陳月娣的爸爸，怎曉得他是怎樣子的？我們搔搔頭，好久答不出話，她們就暗罵一聲，搖著櫓走了，我們只好垂著頭各自回家去。

回到家裡，我猛然想起，爲什麼不直接了當說找陳月娣，或者說陳初六有個女兒叫陳月娣呢？有這個女兒叫這名字的，不會也有幾個吧。我心裡還有點不安，希望陳月娣的爸爸千萬不是那跛腳的才好！

我決定出門去找班長，兩人一起去碰碰運氣，可是我正要出門，班長和兩個同學又來了。我立即說：「喂！剛才我們眞傻，爲什麼不……」不料我還沒有說，他們已經把我要說的話說了出來，原來他們也是這麼想呢！

我們又跑到筲箕灣海旁去。這一回，遠遠有一個女孩子搖櫓來了。眞奇怪，這兒的人樣貌都相似，黑黝的皮膚，結實的肌肉，戴上闊邊的竹笠，這個人看來也和陳月娣相彷彿。艇划近來了，那女孩子一邊說，一邊抬頭：「要艇呀？開海……」她一抬頭，我們一看，她……她正是陳月娣呀！她沒有生病，還搖櫓來呢！

她也失聲地叫：「啊，紫媚！你們……你們去釣魚嗎？」我急得連連搖頭，說：

「不！不！我們來找你呀！找了兩次啦！」她的臉「刷」紅了。我

們不管三七二十一，都跳到她的艇上。她垂下頭搖櫓，把我們搖到她的「家」去。我們在艇上覺得挺好玩，班長已經脫了鞋襪，把雙腳浸在水裡了。

我卻凝想著：

「月娣每天迎著風浪，朝搖櫓晚搖櫓，難

怪她鍛鍊出這樣好的力氣了。」

來到她的住家艇，我們都斂起了笑容，因爲，月娣的媽媽在愁眉苦臉，眼睛好像哭得紅腫了。月娣的一個小弟弟，用繩縛著腰間，一頭紮在船舷邊。我想大約怕小弟弟不小心失足跌到海裡去吧。

沉默了好一會，陳月娣開腔了，她說：「我爸爸跟漁船出海，那漁船在擔竿山附近撞沉了。同船的人都回來了，只有爸爸還沒有……」說到這裡，她嗚咽起來。我也覺得鼻子發酸，眼眶發熱了……

我們不再說什麼，也實在不會說。我把替她抄好的筆記和派回來的作文簿還給她。她看見作文簿，又說：「恐怕，恐怕以後我也不……不上學了。」

陳月娣一邊說，一邊翻開我給她帶回來的作文簿。第一頁四個鮮明的紅硃字：「八十五分」，很是觸目。這次的作文題目是〈我的學校〉，陳月娣是這次作文最高分的一個。國文老師曾把她的文章向全班朗讀，她寫得充滿感情。

可是，一個這樣深愛著學校的同學，卻說要離開學校了。我不禁執著她的手，說：「不，月娣，你爸爸一定能平安回來的！到時，你不是可以再上學嗎？」班長也結結巴巴的說：「是的，一定……一定平安……」

月娣的淚忽然濟濟然而下，滴在作文簿上，把〈我的學校〉四個題目字溶開了，也把老師批分的紅硃字化開了，驟眼看去，叫人以爲月娣在淌著血淚呢！

忽然，船篷外有人叫：「月娣媽！有人找你！」我聽見了，第一個念頭是：月娣爸爸有消息回來啦！我急忙從篷裡的小窗望向外邊，班長也擠頭過來要看。月娣和她媽媽大約也這樣想，從深鎖的愁眉裡綻出一絲笑容，應著說：「哦！是誰呀？」

可是，他倆一看外邊，那一絲笑容馬上消失了，換了憎惡而又有點慌張的神情。

小艇送來了一個約莫四十來歲的胖胖矮矮的婆娘，頭上一個油光可鑑的髻，還在髻旁插了朵白蘭花。她踏上月娣的住家艇，彎著腰進篷裡來，先是看我們一眼，大約見我們是少不更事的孩子，就再不瞧我們一眼，對著月娣媽媽說話了。

「三天沒消息了，跛鬼恐怕淹死啦！你們也該打算打算呀！」那婆娘說話時，我才知道她的嘴巴原來這麼大，一張開嘴，就露出一口金牙和一條尖尖長長的大舌頭。班長小聲地在我耳邊說：「紫媚，她說什麼『跛鬼』淹死，分明是說月娣的爸爸，這麼說月娣的爸爸就是跛腳的陳初六……」我輕輕推開班長，示意叫他別說話，我要看看這婆娘是來幫助月娣來著，還是個壞東西。

那婆娘堆滿笑容說：「家裡沒有男人，往後的日子怎樣過？還是找點錢上岸吧。買幢小樓房，自己住一間房，租一間給人，收點租，這樣不用做事，日子也過得好啦！」

聽這婆娘說，一片好心，好像是來幫助月娣一家的，她大約是個好人。我再聽下去。

「一幢兩間房的屋不貴呀，首期頂多三千塊，以後每月再供二百元，十年八載就是自己的了……」

月娣的媽插嘴說：「八姑，你別說了，我家欠你的錢還不知怎樣還，哪來的錢……」

「我可以給你三千塊，以後每個月再給你二百塊啊！欠下的錢就以這隻船抵押算了，你們上岸住樓，反正不用它了。只要……只要你把月娣給我……」

月娣馬上把垂下的眉向上揚起，瞪著那八姑。八姑笑嘻嘻說：「月娣，我實在是叫你過好日子，你也知道的，A四八二號船的阿英有時回來，不是穿紅戴綠嗎？」八姑一邊說，一邊舉起那戴了一個大玉鐲的手要撫月娣的臉，月娣匆忙閃過了，跑到月娣媽身後去。月娣媽氣得瘦削的額上露出青筋，說：「八姑！你別打錯主意！賣女的事我不幹！」

八姑把臉一沉，金牙不見了，尖尖長長的舌頭不見了，可是，突然又猛地張大了口，像獅子吼：「喂！欠下的錢不要撒野！明天沒有錢還，這隻船就是我的！你們滾下海去！」我看見這兇相，才完全知道她不是個好人，實在是個壞東西啊！八姑一邊說，一邊踏出篷去，來到船舷招手叫小艇，可是不知道是她太胖了，還是她「火遮眼」，來到船舷，跌了一跤，就栽下水裡去。

不知爲什麼，我和班長都禁不住拍起手掌來，哈哈大笑。月娣卻怔了一下，接著就跳到水裡去救八姑，月娣的媽也急忙伸出船槳，讓在水中掙扎的八姑好抓住它。

好一會，月娣把八姑救上來了，我暗暗佩服月娣。再看看那八姑，她張大嘴巴哭，髻散了，頭髮披開來，而且，一口金牙不見了，完全像童話裡的巫婆，她嚷著：「我的一副牙掉到水裡了！」

忽然，岸上有人叫：「陳月娣！」月娣急忙望向岸上，應著：「誰呀？」岸上的人說：「有人來通知，你爸爸在警局呀！」

月娣興奮地又撲通一聲跳下水，游向岸去了。

月娣媽媽歡喜得呆了，摟住我好像把我當做女兒，口裡不停唸著：「呀！平安了！平安了！」我卻納悶：「怎樣她爸爸在警局裡？」再看見月娣在岸上跟一個穿制服的人說了一會，就大聲叫過來，說：「媽！爸爸給內地的漁民救起，今天從羅湖過境回來，現在留在警局問話，我現在要去見他！」

月娣不管身上的濕衣服，就一個勁兒跟著那個穿制服的人走了。我和班長凝望著岸上的她，漸漸遠去了……我彷彿看見明天上學的情景，大家都圍著她，興奮得把我們的「大力娣」拋起來了！

原文出自《40兒童小說集》，香港：山邊社，一九八六年十月第七版。

別了，語文課

自從我第三次默書不及格後，班主任張先生就給我調了位，從第四排第三行調到最前排第一行。這樣，上國語課的時候，張先生拿著課本講書，總是不經意似的站在我的位子前邊。這樣，我不能豎起課本，用它來擋著先生的視線，在下邊畫公仔了；我不能偷偷寫些笑話，把紙團傳給坐在後邊的同學了；我甚至不能假裝俯下頭看書，實在閉上眼睛打瞌睡了。

「陳小允。」張先生忽然叫我的名字，我心裡「卜卜」的跳，站起來了。

「你回答我的問題，這一課寓言作者是誰？」張先生在向我提問。

唉，我雖然調到第一排，不敢畫公仔，不敢傳紙團，不敢打瞌睡，但不知為什麼腦子總不能集中，剛才雖然雙眼望著課本，但是思想溜到哪裡去遊逛了。我張著嘴要答話，但只能「嗯嗯」的發聲，眼睛四處張望，希望有誰給我一點提示。

我看見坐在側邊的葉志聰，他故意咧著牙齒，雙手像要拉緊一個繩索。他真是我的救星！他的動作喚起我預習時的記憶，他「依」起牙齒拉繩索，對了，我急忙回答說：「作者是伊索。」

張先生叫我坐下，我偷偷噓了一口氣，回頭對志聰眨眨眼睛，一個對他感謝的眼色。

放學的時候我拉著志聰的手一起走，志聰對我扮個鬼臉說：「你怎麼搞的？坐在最前排也聽不到先生講書？你今天差點兒要留堂了。」

「別提了！說實在的，我不喜歡國語堂，什麼主題中心，什麼詞語解釋，什麼標點符號，什麼文章體裁，這些東西都叫我發悶。」這是我的心裡話。

「你不喜歡國語？我倒跟你相反，我覺得那是最有趣的一科，而且——你不喜歡也得啃，這是主要科，你不及格休想將來考到升中試！」

提起升中試，我就狠狠地把腳前一塊石子踢得遠遠。志聰要拐個彎向那邊走了，我說了聲再見，便獨自走我的路。我心裡想：我實在並不是十分討厭國語，但是提起默書就害怕，又要聽默，又要背默，每次總有十來二十個字不會寫，每次派簿回來，張先生就把我叫到她的身旁，責備我一番，督促我要好好改正，這樣改正錯字就寫得手也痠軟。我想，

如果國語沒有默書那一科，我大概也會喜歡國語的。

回到家裡，媽媽叫我換了校服，說要帶我到照相館照相，我覺得奇怪，但媽媽催促著，我便忙著換了一套媽媽預備好的衣服——那是新年才穿的西裝，還打領帶，這樣隆重我總覺得不尋常，到了照相館，媽媽獨個兒拍攝了半身像，接著我也拍攝了半身像。回家的途中，媽媽才對我說了一點點兒：「小允，我們一家要移民到中美洲去了，你喜歡嗎？我們一家坐飛機呢！」

我聽了搔搔頭，心裡有點高興，我知道伯父住在中美洲的危地馬拉，他在那邊開了間商店。聽媽媽說我們要移民到那裡

去，就是不再回來了。我問道：

「什麼時候去？那麼還要繼續上學嗎？」

「現在才辦理手續，大約要再等一個月，當然還要上學啊！」

我知道我心裡想的是什麼，聽到了要移民，我第一個念頭就是以後不用再默書了，當然，我也知道將來到了外地，還是要再上學，也還一樣要默書，但是，在那邊，恐怕不用再默寫那些艱深的中國字了吧？

我不知道是高興還是發愁，媽媽打電話叫人來看家裡的傢俬雜物，那套梳化椅要賣了，那電視機要賣了，那冰箱也要賣了，我心裡總有點不是味兒。

第二天回到學校，班主任張先生又叫我到教員室去，我心裡想：「大約又要責備我默書不合格吧。不過，我最多讓她嘮叨兩三次，以後，啊，以後這裡什麼事也和我不關痛癢了。」

果然，我看見張先生拿出我的默書簿，我低垂下頭，默默地站在她身旁。她慢慢的翻開我的默書簿，第一頁是三十分，第二頁是四十分，第三頁是四十五分，到了第四頁，也是最近默書的一次，呀，我眞不敢相信我的眼睛，是七十五分，不但及格，而且成績居然不錯。

張先生和藹又嚴肅地說：「陳小允，這次我叫你來，不是責備你了，你看，你的默書進步啦，今次只錯了五個字，只要你上課留心聽講，回家勤懇溫習，以後一定會進步更快的。你要知道，你是個堂堂正正的中國人，自己本國的文字也寫不好，那不是笑話嗎？小允，我看見你默書進步我眞高興，我特送你一份小禮物，希望你繼續努力。」

張先生說完了，從抽屜裡拿出一本圖書，書名是：《怎樣學好語文》。我接過張先生的圖書，雙手不禁顫抖起來。唉，我寧願張先生像過往一樣責備我，我眞是個不長進的孩子，昨天聽媽媽說要移民外國，居然第一個念頭是高興用不著再默寫中國字了，但是，張先生對我的進步多麼著急呀！

我離開教員室，看看張先生送給我的圖書，不禁眼眶發熱。回到課室的座位上，我翻開那本圖書，第一段話映入眼簾：

> 中國有悠久的歷史，有優美的環境，長期地孕育著中國文化，使中國語言成為世界上最優美的語言之一。

從來沒有一本圖書的內容這樣震撼我的心靈，這一段話，好像有人用豐富的感情在我的耳畔誦讀著。

鐘聲響了，第一堂是國語。以前我上這一課時總是懶洋洋提不起

勁，奇怪，今天我翻開國語書，另有一番滋味，我的腦子也忽然不會胡思亂想，全神貫注著張先生授課，我爲什麼忽然會喜歡了國語科，覺得張先生每一句話都會那麼動聽？這一堂好像過得特別快，一下子就是下課鐘聲。

這天放學回家，我一口氣讀完張先生送給我的圖書，這本書淺顯地介紹中國語文的發展，然後分述豐富的中國語文，簡練的中國語文和優美的中國語文，最後還講述學好中國語文的方法。我一下子對中國語文知道很多很多，我有點怪張先生，爲什麼不早點送這本書給我，讓我早點知道中國語文的豐富和優越。我放下了書，走到爸爸跟前，問爸爸說：「爸爸，我們將來移民到中美洲，我還有機會學習中國語文嗎？」

爸爸說：「我正爲這件事操心。我知道那邊華僑很少，沒有爲華僑辦的學校。到了那兒，你便要學習那邊的西班牙文了。我實在擔心你會漸漸忘了中國語文呢。」

我聽了嚇了一跳。我試拿起一張報紙，剛是大字標題就有不少字不認識，不要說報紙的內文了。我現在唸五年級，可是因爲我過去不喜歡國語科，語文實在學不好，大約實際只有三、四年級的中文程度。

我張惶地拿出國語書，急急溫習今天教過的課文，我覺得課文內容饒有趣味，我又拿出紙，用筆反覆寫熟新學的生字。我想起自己頂多還有一個月學習語文的機會，心裡就難過，眞希望把整本國語書，一下子全學會。

我一連兩次默書都得到八十分，張先生每次都鼓勵我；最近一次默書，我居然一個字也沒有錯，得到一百分！那天國語課，張先生拿出我的默書簿，翻開第一頁給大家看，然後又翻到最後一頁，高高舉起讓同學看清楚。張先生說：「陳小允的驚人進步是我們學習的好榜樣。你們看，他學期開始默書總不合格，現在卻得到一百分！」

有誰知道我心裡絞痛！唉，語文課，在我深深喜愛上你的時候，我就要離開你了，我將要接受另一種完全不同的外語教育了，想到這裡，我噙著淚。坐在我側邊的葉志聰看見，他大驚說：「張先生，陳小允哭啦！」

同學們都奇怪地注視著我。張先生走到我身旁，親切地撫著我的頭，說：「小允，你爲你的進步而哭嗎？」

我抹拭著淚水，站起來，嗚咽地說：「張先生，我下星期要離開這裡了，我們全家移民到危地馬拉，我……我再沒有機會學習中國語文了。」

我的淚糊著眼睛，我看不見同學和張先生的反應，只知道全班忽然異樣地沉寂，張先生輕撫著我的頭，叫我坐下。

離開這裡的日子愈來愈逼近了。同學們都紛紛在我的紀念冊上留言，聲聲叮囑不要忘掉中國，不要忘記中國語文。

這天，是我最後一次上國語課了，張先生帶來了一紮用雞皮紙封好的包裹，她對全體同學說：「陳小允是最後一天和大家相聚了。我們祝福他在外地健康快樂地成長。我沒有什麼送給他，只送他一套由小學六年級到中學五年級的語文課本，希望他遠離祖國後，還可以好好自修，不要忘記母語！」

我接過這套書，心裡極度難過。下課後，同學們都圍上來，有人送我一本中文字典，有人送我一本故事書。他們的熱情，使我一直熱淚盈眶。

別了，我親愛的老師，我親愛的同學！我一定不會忘記中國語文，我把我的默書簿一生一世留在身邊，常常翻閱它，我會激勵自己把中國語文自修好，像這本默書簿的成績那樣。

原文出自《40兒童小說集》，香港：山邊社，一九八六年十月第七版。

嚴吳嬋霞

曾任中學語文教師，七十年代遊學英美，修讀兒童文學與圖書館學。返港後，任出版社董事總經理兼總編輯，現為香港親子閱讀書會會長，經常舉辦各類有關親子閱讀的活動。多次獲得中港重要的文學獎項，一九八七年，〈姓鄧的樹〉獲陳伯吹「兒童文學園丁獎」評選為「優秀作品」獎。

姓鄧的樹

夜，很靜，尤其是鄉村的冬夜，聽不到蟲鳴、犬吠，只有窗外北風吹過大榕樹梢時，發出陣陣的沙沙響聲。

整個鄧家村的人都睡著了，除了鄧家棟。他在睜著眼睛想心事。「明天爸爸從英國回來，希望他改變主意，不聽二叔的話就好了。」

等到差不多天亮時，鄧家棟才進入睡鄉。夢中他彷彿看到老榕樹變做一位白髮老公公，捋著鬍子，慈愛地說：「我們姓鄧的在這裡已住上差不多一千年了，我們的子孫還要世世代代住下去！」

這不是爺爺的聲音嗎？爺爺生前留有一把長長的白鬍子，就像屋旁邊那棵大榕樹的鬚根一樣。

「爺爺！爺爺！您勸爸爸吧，我不要住新房子，我要留在這裡，我不走！我不走！」

「家棟！家棟！我們要走啦，你還不起床？你到底要不要和我們一起去機場接爸爸？」朦朧中，家棟給祖母推醒了。

家棟一骨碌爬起來，穿上衣服和鞋子。

這時，門外響起了嘟嘟的汽車喇叭聲，祖母和家棟奔出門口。二叔開著他那輛新買回來的大型「賓士」轎車，裡

面還坐了他的兒子和家樑。家棟只比家樑大兩個月，同樣是十二歲。

十年前，鄧家村一輛私人汽車也沒有，大家出入多靠雙腳走路，頂多也是用腳踏車代步。後來政府大力發展新界，建設新市鎮，要把過分集中在城市的人口遷移到鄉村去。於是新界的土地立時漲價，許多農人便把田地賣掉，搬到新蓋的樓房去住，不再種田了。家棟的二叔將幾十畝祖田賣掉，蓋了一棟西班牙式別墅，改行做房地產經紀，幾年間倒也賺了不少錢。

汽車緩緩駛出鄧家村。才不過十年，這個原本古樸的鄉村，已變成半中不西的樣子了。古色古香的青磚中國鄉村建築已給拆掉了不少，代之而起的是三層高的西班牙式樓房，一律是紅磚屋頂，白色外牆，開了圓拱形的窗子。

家棟默默地看著車窗外一棟棟的西班牙別墅，心裡想：「這兒又不是地中海，幹嘛要把西班牙別墅移植過來？」家棟的志願是長大了當建築師，設計中國式的建築。

「喂，『黃毛棟』，要不要玩捉鬼遊戲？」家樑手中把弄著一副電子遊戲機。

「家樑，不准這樣叫哥哥！」祖母大聲喝止家樑。

家棟倒一點也不在乎，他已習慣了這個起初聽來不但刺耳，而且刺心的綽號，可是一旦聽慣了，給叫開了，反而覺得有親切感。

他的皮膚是比較白皙，有點白裡透紅。至於皮膚上的汗毛，他認為是黑色，可是同學們老是說在陽光下是金黃色，因此叫他「黃毛棟」。

「喂，棟哥，怎麼不說話？我問你要不要玩捉鬼遊戲？」家樑推了他一把。

「不想玩。」家棟心不在焉地應了一聲。他自顧自地想心事。他的夢想，他的願望，都不是和他同年紀的小朋友可以了解的。

以前，祖父在世時，晚飯後，總愛躺在大榕樹下的帆布椅上，給他講有關鄧家村的故事，使他知道了不少自己祖先的事蹟。他知道自己的根源在這個南中國的古老圍村裡，就像屋旁的大榕樹，一樣的根深蒂固。

五年前，爸爸和媽媽辦妥離婚手續，媽媽同意家棟交由爸爸撫養，爸爸卻轉手把他交給年邁的祖父和祖母。五年前，家棟極不願意回來，爸爸卻硬把他送回來。可是五年後的今天，他極不願意回到英國去，爸爸卻準備把他帶走。

當家棟在機場看到五年不見的爸爸時，他只是忸怩地叫聲「爹」，並沒有像電視上看到那些戲劇式的接機場面，大家見面便親熱地擁抱。爸爸也只是拍拍他的肩膀，說：「長高了，不再是小孩子啦！」

爸爸坐了二十多個小時的飛機，滿臉倦容，回到家倒頭便睡。傍晚，夕陽把西天染得一片通紅，遠處的青山給抹上一層紫色，一群群歸鳥聒噪著投向樹林裡，西班牙別墅沒有冒出縷縷炊煙，只傳出陣陣電視聲浪。

家棟斜靠著大榕樹粗壯的軀幹，覺得無限的茫然。一切都變得太快了，只有老榕樹不變，濃密的細碎葉子，依然像一把擋風雨的傘，蔽護著他，給他溫暖的安全感，它原本就有防風護土的作用啊。

家棟不喜歡變，他要一個安定的家，可是爸爸媽媽變了，家好像散了；他一心一意跟著祖父祖母過日子，可是祖父去世了，這個家也不一樣了。五年來，這個村子也變了樣子，愈來愈現代化了，家家有電冰箱、電唱機、電視機，甚至錄像機。只有他們家仍守在百年老屋裡，祖母仍在竈頭燒飯，她老人家說電鍋做的飯沒有稻米的香味。這塊原本叫「錦田」的平原，以前是出產上好的大白米的，現在的錦繡良田給荒廢了，一任雜草叢生，要不就給三合土塡平了，在上面蓋上西班牙別墅。

「棟棟，陪我散步好嗎？」爸爸不知什麼時候出現在他的眼前。

父子倆默默地走了一段路，最後家棟鼓起勇氣打開收藏了許久的話匣子。

「爹，爺爺說我們姓鄧的是最早移居新界的居民，也是最早的香港人，是不是眞有其事？」

「是的，我們的先祖鄧符協在北宋時做過官，後來移居新界錦田，我們是他的後代子孫，鄧氏族譜裡有記載的。」

「族譜裡有沒有我的名字？」家棟一直懷疑他算不算姓鄧的人，因爲他還有一半媽媽英國人的血統。

「有呀，所有的男孩子的名字都記錄進去。」

「眞的嗎？」家棟不禁興奮起來，頭一次覺得自己是眞正姓鄧的，屬於鄧家村的。如果爸爸不到英國去，也許他的媽媽不會是英國人吧。於是忍不住問爸爸：

「爹，你爲什麼到英國去？」

「還不是爲了生活！」爸爸有無限的感觸。「以前農村的生活很困難，辛苦種田也掙不到兩頓飽飯，爺爺便叫我到英國四叔公的餐館工作。你還記得在倫敦蘇活區那家很大的中國餐館嗎？我在廚房捱了六年，才儲蓄了一點錢自己開一間外賣店。」

「爹，你爲什麼不回來住？」如果爸爸搬回來，家棟便不必離開這裡了。

「我在英國住了二十年，已經習慣了那邊的生活，等我年紀老了，便回來退休，所謂落葉歸根，我到時一定會回來的。」

「是不是二叔叫你回來把祖屋賣掉？」家棟憂心忡忡地想知道祖屋的命

運。

「我們祖屋那塊地現在很値錢，有幾個地產商爭著高價購買，他們已經把我們屋後那幾個魚塘買了，打算塡平了蓋幾幢西班牙別墅。二叔認爲這是我們賺錢的一個好機會。」

「爹，我們祖屋已有兩百年歷史，是全村最老的一間屋子，拆掉了，不是很可惜嗎？」

「實在是很可惜，連政府也極力游說我們把它當作古蹟保留下來，說什麼文化遺產，應該留下來給後代子孫，可是他們又不願意付地產商的價錢，二叔當然不肯答應把它列爲古蹟。」

「爹，你得想辦法勸勸二叔呀，他又不缺錢用！」

「唉，祖屋他也佔一份的，我不能完全做主，今天晚上他請我們吃飯就是要解決這件事。」

家棟感到一陣寒意襲擊心頭，他不想知道更多其他事情了。冬天的落日消失得特別快，暮色蒼茫中，晚風蕭瑟，父子倆默默地返回家。

一個星期後，家棟收拾行囊，準備和爸爸回到英國去。爸爸在一張契約上簽了名，同意二叔把祖屋賣掉，他說錢是用來給家棟念英國最好的中學和大學。

臨走前的一天晚上，家棟緊緊抱著大榕樹說：「我會回來的，我會回來種一棵姓鄧的樹，在這裡生根。我要在你的周圍建一個兒童樂園，讓我的子孫有一個快樂的童年！」

鄧家棟離開後的第三天，地產商運來了鏟泥機、鑽土機，一心要把祖屋盡快推倒，

拆掉，鏟平。他們來勢洶洶，老屋完全沒有招架的能力。眼看金字瓦頂塌下來了，樑木摧折，磚牆坍毀，老榕樹不忍心再看下去了，它氣得把細碎的葉子抖滿一地，大喝道：「夠了，我是一棵姓鄧的樹，我不能眼巴巴看著這最老的姓鄧的屋子毀滅！」

老榕樹使出渾身氣力，它的枝冒出一根又一根的氣根，像鋼筋一樣向著老屋伸延過去，把餘下的半間老屋緊緊地纏繞著，圍了一匝又一匝，密密地包紮起來。這些新長的氣根到達地面後變成新的樹幹，團團地把老屋圍在中央，牢不可破，把地產商搞得束手無策。

這眞是一個不可思議的奇蹟啊。草木有靈，是不由你不信的。人和自然本應是和諧的結合，而不是恣意的破壞，任意的重建。

今天，如果你到香港新界錦田的鄧家村，你便會看到這樣的一棵姓鄧的樹，巍巍然兀立著，堅決地守護著鄧家棟的祖屋。

十二年後，鄧家棟從英國學成回來，他已經是一位出色的建築師，他圍著姓鄧的樹建造了一個兒童樂園，讓每一棵小小的姓鄧的樹快樂地生長。

原文出自《誰是麻煩鬼》，香港：獲益出版事業有限公司，一九九九年十二月四版。

十一枝康乃馨

今天是星期六，明天是星期日，正是五月份的第二個星期天，不就是母親節嗎？怪不得班上的同學，尤其是女同學，早已議論紛紛，準備給母親買一樣禮物。

小息（下課）的時候，美琪和欣欣各自啣著一條雪條（冰棒），一邊「雪雪雪」地吸吮著，一邊吱吱喳喳地說話，眞難爲她們的嘴巴。

「喂，美琪，——等會放了學——我們到商場逛逛——好不好？——看看有什麼東西——大減價——可以買給媽媽——做母親節的禮物。」欣欣的舌頭給雪條凍得發痳，說話有點不靈光，斷斷續續的。

「好哇，我想給媽咪買一個白皮包。黑皮包不好襯夏天的衣服，媽咪早

就說換一個新的，因爲去年買的那一個已變黃。我想給她買一個義大利名牌貨，可惜我的錢不大夠。如果爹地不資助我，我便只好給她買個本地做的冒牌貨算了，不過……」

美琪一眼瞥見愛慈不知什麼時候出現，而且正在吮著一條紅豆雪條，她眼珠一轉，計上心頭，故意大聲地向著愛慈說：

「喂，愛慈，明天母親節，你有準備禮物送給你媽咪嗎？」

愛慈本來正靜靜地享受著她的雪條，平日她很少買零食，因爲她的零用錢不多，她總是盡量把零用錢省下來作其他用途。今天她破

例大破慳囊，她想回憶一下以前媽媽和她共吃一條紅豆雪條的甜蜜滋味。

「喂，愛慈，你又在做白日夢了，我們問你買了母親節禮物沒有呀！」欣欣用手肘撞了愛慈一下，使她回到現實世界來。

「哦，我媽媽最喜歡鮮花，我想買一打從荷蘭空運來的粉紅色康乃馨給她，可惜太貴了，我只夠錢買一枝給她。」說到這裡，愛慈忽然低下頭，轉過身，把剩下的半枝雪條扔進廢物箱裡，急步向著洗手間的方向走去。

美琪看著欣欣，聳聳肩、撇撇嘴說：「簡直莫名其妙，像女明星一樣情緒化！」

「對呀，她去年一來便是這個樣子，常常滿懷心事似的，許多時候整天不說一句話，也不跟人玩，上課下課總是獨來獨往的，沒有人知道她住在哪裡，她也從來不跟人說及家裡的情況。看樣子，她好像不想人家知道她的底細。」

「不過，老師們卻對她不錯呀。那次，我和她同樣忘記了做默書改錯，李老師沒有說她什麼，卻單單針對我訓了我一頓，你說公平不公平？」美琪噘起長長的嘴巴，憤憤不平地說。

「看她衣著不大光鮮，也不像有來頭的人，李老師為什麼要特別優待她？」欣欣一臉疑惑，看著美琪，她以為智多星的美琪也許會給她一個答案。

美琪轉動著她的一雙靈慧的大眼睛，一下子便有了鬼主意。「喂，我們放學跟蹤她回家好不好？」

「跟蹤？」欣欣驚叫起來。

美琪連忙按著欣欣的嘴巴，兩眼逼視著美琪，壓低聲音說：「夠不夠膽？」

小息後的最後兩節課，三個女孩子都不能集中精神聽課。美琪和欣欣同坐，因此她們常常糖黏豆般地黏在一塊，同學叫她們做「孖條」（一種兩支連在一起的冰棒）。美琪和欣欣個子較高，她們坐在課室中央的後排。愛慈生得瘦小，她坐在靠窗單行的最前一個座位。因此美琪和欣欣可以很清楚地看到愛慈的一舉一動。

美琪趁著老師轉身背著她們在黑板上寫作業問題時，把嘴巴附在欣欣的耳朵說：「你看，愛慈好像在哭，她不時偷偷地用紙巾擦眼睛。」

欣欣膽子比較小，她用鉛筆輕輕地在課本的空白地方潦草地寫了幾個字：「她哭什麼？」

美琪在旁邊用鉛筆回了一句：「記得放學後的事！」然後在桌底下踢了欣欣一腳，暗示她老師已回過身來了。欣欣瞥了老師一眼，連忙坐直了身子。

終於放學的鐘聲響起來了，五年級乙班的男同學像往時一樣，一窩蜂衝出課室，老師也喝止不住。女同學比較守規矩，也不屑跟粗魯的男生一起搶。美琪和欣欣避免跟愛慈一起，她們在樓下食物部的一角等著，讓愛慈先走出學校大門，然後跟著追出去。她們的心砰砰地跳動，既興奮，又害怕，跟蹤人家到底不是一樁光明正大的事情啊！

愛慈背著她那沉甸甸的紅色書包，裡面漲鼓鼓地塞滿了課本和作業簿。她的體重不到六十磅，而她的書包少說也重二十磅，可是她一點也不覺得重，因爲她的心比鉛還重呢。

她一直反覆地想：「媽媽還能活多少個母親節呢？」去年的母親節，她已經有這個擔心，媽媽是隨時會離開她和爸爸的，這個死亡的陰影已籠罩著她的心頭兩年了。爲了給媽媽醫病，他們的日子過得愈來愈拮据，爸爸只好拚命加班爭取額外的收入。可是一年多過去了，他們仍然沒有辦法籌到足夠的錢給媽媽在家裡安裝一部洗腎機。愛慈常常恨自己不到十五歲，那是政府實施九年免費教育以後，法律規定的兒童工作年齡，要不然她便可以輟學出來做工賺錢了。

美琪和欣欣一直跟在愛慈的背後，愛慈根本一次也沒有回過頭來看她們一眼，可是她們仍然覺得心驚膽戰。欣欣開始後悔跟著美琪做這件鬼祟的勾當。

她們轉了幾個街口，來到了一處臨時安置區，只見一排一排密密麻麻的低矮鐵皮房子，一間緊挨著一間，每間面積約莫一百多平方呎，外面門口的一旁附加一個僅有可容身的小廚房。政府爲了解決沒有經濟能力租住私人樓宇的家庭的住屋問題，便蓋搭了這些用木條和鐵皮做材料的臨時房屋，給從內地來香港的新移民，或因天災而無家可歸的居民暫時棲身。通常每個家庭要輪候最少七年才可入住高二、三十層的廉租屋。美琪和欣欣的家庭環境

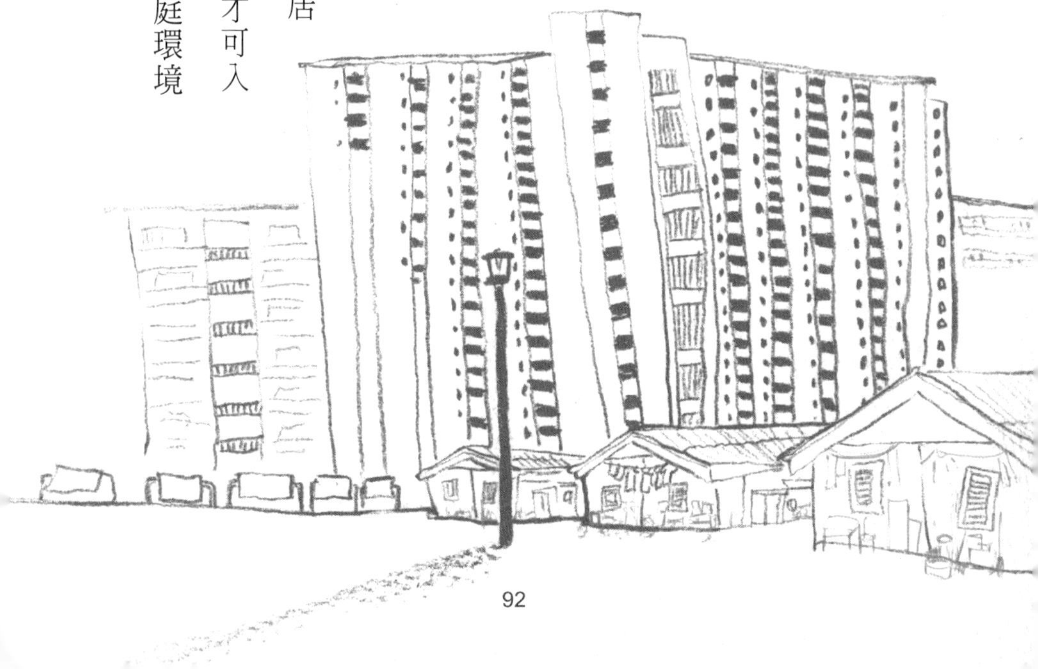

比較富裕，她們的家就在學校所在的私人屋邨裡。

「嘩，這種地方怎麼也能住人？」美琪一邊皺著眉頭，一邊提心吊膽地踮起腳尖繞過一灘污水。

欣欣沒有答嘴。她很難過，因爲她現在才明白爲什麼愛慈的白色校服裙子總是黃黃綯綯，像她現在踩過這堆不知哪戶人家扔出來的爛菜葉一樣。

穿過了幾條窄窄的通道，愛慈終於進入了其中的一個單位，看樣子門是沒有鎖的，可能家裡有人在，而且也沒有什麼值得偷的東西吧。

美琪和欣欣在門外站住，遲疑著不知要不要進去。隔壁正在門外洗衣服的一位阿婆問她們找誰。欣欣囁嚅著不知怎樣回答，美琪已搶著說：「哦，我們找姓何的。」

阿婆上下打量了她們一眼，說：「你們是不是愛慈的同學？她剛回來，正在裡面服侍她媽媽吃藥。」

「她媽媽患什麼病？她從來沒有告訴我們呢。」欣欣關心地問。

「何太太已經生病兩年了，聽說是很嚴重的腎病，要定期到醫院洗腎。愛慈很乖，她不但服侍媽媽，還得打理一切家務，也眞難爲她。唉，我自己幾十歲了，也幫不到她什麼。你們進去看看她吧。」

「不用了，我們改天再來，謝謝阿婆。」美琪一把拖了欣欣，急急離開，恐怕愛慈隨時會出來看到她們。

在回家的路上，美琪和欣欣都沒有說話，她們的喉頭有一硬塊堵塞住了，她們的胸口也有一硬塊壓著了，隱隱作痛，這種感覺是以前沒有過的，不過她們倒有點喜歡這種「痛」的感覺，難道這就是所謂「生長痛」？是的，她們比在去愛慈家的路上長大了一點。

第二天是星期天，正是母親節。一大清早，愛慈便在門外小廚房裡給媽媽弄早餐，突然有人叫她的名字，原來是花店送花來。一束鮮紅的康乃馨給裝在一個長方形的透明禮盒裡，旁邊還圍著粉白的滿天星。盒子外邊繫了一隻也是鮮紅的大絲緞蝴蝶結，盒外還附一張母親節賀卡，信封上面寫著「送給愛慈的媽媽」。愛慈把卡片從信封裡抽出來，打開一看，只見上款寫著：「給有一位好女兒的媽媽，祝她早日康復。」下款只畫了兩條連在一起的雪條。

「啊，『是孖條』！」愛慈高興得大叫起來，她第一次回復到媽媽生病前的心情。

愛慈把花束小心地逐枝插進一隻玻璃花瓶裡，一邊數著：「一、二、三、四、五、六、七、八、九、十、十一！」愛慈想了一下，不禁大笑起來。她跑進屋子裡，把她買給媽媽的那一枝粉紅色康乃馨拿出來，也插進花瓶裡，剛好一打十二枝！

原文出自《誰是麻煩鬼》，香港：獲益出版事業有限公司，一九九九年十二月四版。

陳華英

從事教育工作，為音樂及中文教師。曾任電視台編劇、兒童月刊及周刊的專欄作者。曾多次獲取「香港兒童讀物創作獎」及香港「香港文學雙年獎」推薦獎。一九九五年移居溫哥華，繼續擔任教學工作。現為加拿大華裔作家協會及卑詩省中文協會會員。

人猴之間

和暖的秋陽下，金風徐徐吹來，團團青蔥的樹林在澄碧的湖水邊翻滾；偶然一兩隻翠鳥「呀」的一聲，撲刺刺的衝出樹叢。多舒暢的秋天！

可是，在秋光爽朗的石梨貝水塘邊，卻蹲著一個黑瘦個子——輝仔，他雙手緊握著新圍起的鐵絲網，忍著在眼中打轉的淚珠，呆呆地望著網中的「友人」——「短尾」和「紅屁股」。牠們如老人般的皺著臉，又圓又大的眼睛充滿了疑惑，用長長的爪子搔著頭，不安的在樹下跳來跳去……

（一）家碎了

還記得那一天，是九月開課後的第二個星期六，輝仔放學回家，在門外又聽到了那熟悉的吵架聲……

「你走！你走！孩子你不要，妻子你不要，單要那個狐狸精？」媽媽喊得聲音都嘶啞了。

「……」是爸爸模模糊糊的分辯聲。

「要嘛你就和她分開，要嘛你就不要回來！」媽媽斬釘截鐵的說。

輝仔躡手躡腳的推開門，想輕輕的走回自己的房間去。「碰！」一個花瓶剛巧向這邊飛來，碰在大門上——碎了！

爸爸和媽媽的感情也像這花瓶一樣——碎了！溫暖的家也碎了……

晚上，爸爸就提著衣箱走了，他搬到深圳冬姨那裡去了。

輝仔恨那個女人，也恨爸爸！一個曾經疼愛自己的爸爸，爲什麼會爲了個不相干的女人，而拋棄了孩子和妻子？

自那天起，輝仔沉默了，不沉默也得沉默，有誰人可以交談呢！他總是快快做完功課，伴著電視的聲浪，等媽媽放工回來。

媽媽也更愛惜輝仔了，她不但買回輝仔愛吃的東西，也買回輝仔喜愛的閃卡，她想讓輝仔盡量忘記失去了的東西。

但是，由於爸爸的離開，媽媽又氣又惱，終於生病了。病了好幾天，對於家務，更力不從心，她怕疏忽了對輝仔的照顧，又怕他中午沒飯吃，所以把輝仔送到公公的家，暫住幾個月。

（二）公公的家

公公住在石梨貝水塘附近的一間小石屋裡，屋前還種了不少花木。

公公很疼愛輝仔，但是，除了照顧輝仔的起居飲食和催促他做功課外，一老一少也沒有什麼話說。每天，公公出外買菜和雜物回來後，修剪一下花木，就躺在藤椅上看輝仔做功課。看呀看的，就呼嚕呼嚕的被夢仙召去了。

輝仔做完功課後，拿件衣服替公公蓋上，就走到屋外：看看花、看看樹、看看車子在路上經過，看看螞蟻打架，蝸牛爬行，摘朵燈籠花吮吮花蜜，一個人靜悄悄的，都不知做什麼才好。

有一天，他信步往屋外走，不消一會就來到石梨水塘前，那裡的綠樹湖水，給他一個寧靜安詳的感覺，是以前吵吵鬧鬧的家沒有的。

(三) 紅屁股和短尾

就在那裡輝仔認識了猴子「紅屁股」和「短尾」。

原來，他有時會拿一把花生米、一兩根香蕉到石梨貝餵猴子去。

其中兩隻猴子，最愛在輝仔跟前搔首弄姿。一隻又肥又大，屁股紅紅的；一隻身體瘦長，也不知出了什麼意外，把尾巴弄丟了，只剩下一截小圓球吊在身後。

「紅屁股身後常常跟著一隻母猴，大概是他的妻子吧！母猴身旁是兩隻極其瘦小的猴子，輝仔叫牠們爲「大奀」和「細奀」（奀，指人瘦弱）。

「大奀」和「細奀」常常親暱地用雙手纏著媽媽的脖子，或蹲在爸爸的肩上，或跟著爸媽在樹上盪鞦韆。輝仔很羨慕「大奀」和「細奀」。想著若爸爸能向「紅屁股」學習就好了，那麼自己就可以時常跟著爸媽玩耍了。

「短尾」卻愛在樹上盪來盪去，採摘那些綠色的小果子，拋給同伴一起分享，有時也會把一個兩個，向輝仔拋去。

見到這些「林中老友」，寂寞的輝仔便十分快樂。

可是，這種快樂也不能長久呢！

（四）肥豬王

兩個星期前，學校發生了一件事。

輝仔在學校有一個好朋友「肥豬王」，他人雖然肥胖，心地卻最好，常常在輝仔不開心的時候開解他，輝仔的英文功課有疑難的，也常會去問他。

「肥豬王」名叫王永文，今年十一歲，但體重卻有一百二十磅，圓滾滾的身軀上掛著一個雙層下巴，走起路來全身肌肉都在顫動，看得人眼花撩亂。由於他人肥胖、走得慢，所以上體育課時，無論他分配到那一組，同學們都不歡迎。

這一天，玩投籃接力的時候，他又因跑得慢拖累全組同學輸了，喪失了參加學校遊戲日出賽的機會，全組人都在埋怨他。他眼睛一紅，便哭了起來。

爲了使老友開心一點，輝仔決定帶「肥豬王」到石梨貝看猴子去。

「肥豬王」得到了媽媽的允許，就帶了一袋花生跟輝仔上山去。

「紅屁股」和「短尾」一早就在蹲在樹下等候了，一見到輝仔，牠們便翻跟斗，抓耳搔腮的，高興得不知怎辦才好。

輝仔把花生米放在手中，「紅屁股」和「短尾」就飛快擁過來，從他的手上抓花生吃。

「肥豬王」看了輝仔的示範後，心癢癢的，也用手掌托著花生米，說道：「來呀！有花生吃呀！」

「紅屁股」看到一大把花生米，開心得很，大概想多抓一點給「大叏」和「細叏」吃吧，便飛快的撲過來。

肥豬王看見一團黑影凌空而至，「哎喲！」尖叫了一聲，拿著花生米的手一縮，就把紅屁股拿花生米的手抓住了，「紅屁股」可受不了這樣的「親切」，大吃一驚，另一隻手的利爪就向肥豬王的手臂抓去——「哎呀！好痛啊！」肥豬王像殺豬般的叫喊起來。

「肥豬王」的叫聲，和輝仔叱喝猴子的聲音，驚動了在附近巡視的農林處職員。他跑來時，自知闖了禍的「紅屁股」和「短尾」已逃返林中，而「肥豬王」白白胖胖的手臂，卻留下幾道深深的血痕。職員一面指著「不准餵猴子」的告示板來責罵他們，一面把「肥豬王」送到醫院去。

（五）還是好朋友

結果，輝仔回到學校，受到老師的處分。

老師說，那裡明明豎著警告牌，爲什麼還要帶領同學去做不應當做的事呢？

輝仔舉了許多例，說「紅屁股」和「短尾」是如何的友善，但老師還是記了他一個缺點。農林署的職員也在這塊孩子們最易和猴子接觸的地方，豎起了鐵絲網。

現在，輝仔正蹲在鐵絲網前，和「短尾」、「紅屁股」六目交接，心中充滿了疑惑：爲什麼其他人不能像他一樣和猴子交朋友呢？爲什麼他一番好意反而會受到懲罰？「肥豬王」不敢再來了，他的媽媽也不會准他來呀！「紅屁股」和「短尾」也不能出來和他一塊兒玩耍了，世間上還有誰像他一樣孤獨呢？

忽然，一隻又暖又軟的手在他肩上大力一拍，輝仔大叫起來：「誰呀！」

原來，「肥豬王」正笑嘻嘻的站在他的背後，還一手遞給他一個炸得香脆的蘋果派。

「你……你還來幹什麼？你不怕媽媽罵嗎？你不怪我嗎？」輝仔望著肥豬王貼著紗布的手臂。

「怪你？我爲什麼要怪你？是我自己太不小心了吧！媽媽說你是我的好朋友，好朋友難求呢！她說看猴子不是不好，不過不要太接近牠們。你蹲在這裡發什麼呆？剛才我到你家找你，你公公煮了湯圓，叫我們一會兒回家吃呢！」

輝仔心中頓時明亮起來，爸爸雖然走了，他還有最疼愛他的公公、媽媽，最好的朋友「肥豬王」、「紅屁股」和「短尾」呀！他並不孤獨呢！

樹葉隨著秋風起舞，細細碎碎的陽光在葉縫中跳躍。輝仔的心，也隨著陽光起舞，他忍不住掏出一把花生，向「紅屁股」和「短尾」拋去。

原文出自《一對活寶貝》，香港：啓思兒童文化事業，一九九八年四月第二版。

朱古力和牛奶糖

鄉下的表哥，真是一個奇怪的人。

他比我大一歲，但個子卻高得多，全身的皮膚晒成古銅色，就像一塊朱古力（巧克力）。我呢？又瘦又小，皮膚雪白，所以他叫我做牛奶糖。

去年聖誕節，我們到韶關去探舅父。

表哥和我站在山崗厚厚的枯葉上，我一面哼著歌，一面在枯葉上亂跳。表哥卻用一把竹製的長柄抓子，把枯葉、松針堆起，放進竹籮中，說留到冬天當柴火燒。

表哥神通廣大，他不但找柴火在行，而且在不同的田地裡都會找出一些寶貝來。

有一天，他拉我到一塊蔗田裡。粗壯的青紫色甘蔗站著班兒。他把一根幼小的蔗拔下來，遞給我吃。

「朱古力！蔗田不是你家的，你不怕人罵嗎？」我義正詞嚴的說。

「罵？笑話！蔗田的主人倒要向我道謝呢！」

「爲什麼？」倒沒聽過失主要向小偷道謝的。

因爲這些弱小的旁枝，也會吸收地下的養分，影響主莖的生長，所以地主十分歡迎別人把它拔去哩。」

表哥的眼光也十分銳利，常能從一塊已經過收成的番薯田中，找出一大堆較小的被主人看走了眼的番薯來。或者從已經收成過的花生田中，挖到一大袋被遺漏的落花生。

有一次，我們走到一個池塘邊，池塘上浮著不少「水浮蓮」。

「牛奶糖，你想吃菱角嗎？」表哥問。

「菱角？哪裡有？」

表哥不吭聲，把「水浮蓮」撈了上來。

「朱古力，『水浮蓮』可以吃嗎？」我問。

「誰說這是水浮蓮？這是菱角呀！」

果然，他把『水浮蓮』翻轉，在那蓬鬆的鬚根中，露出幾隻水紅、桃青的菱角來。

表哥把它們摘下，剝了殼，遞給我。

菱角肉水靈靈、白雪雪，咬下去，爽脆清甜。

「哎呀！真好吃！跟我在香港吃的不一樣！」我想起中秋節時，媽媽煮的又尖又黑的菱角來。

「牛奶糖，這是新鮮的嫩菱角，跟你們吃的老菱角，味道怎會相同呢？這些又紅又青的菱角，長老了，就會變成黑色，離開根部，掉到池塘中，要把它撈出來才送去賣呢！」

表哥的鬼主意也多。

有一晚，他神神秘秘的向我眨著眼，說：「牛奶糖！晚飯後，我們去看鬼眼，有膽量嗎？」

「鬼眼」究竟是什麼東西？我滿腹疑團。

晚飯後，趁著涼風，我噴了點「蚊怕水」（防蚊液）在手腳上，就跟著表哥去「探險」了。

四周黑漆漆的，天上沒有月亮，倒掛了滿天半明半昧的星星。

出了村子，大榕樹黑漆漆的影子下，是一口池塘。

「喏！鬼眼就在池塘裡，你上前去看看！」表哥說。

隱隱約約的，我彷彿看到一個溺死鬼，吊著血紅的長舌，瞪著青瑩瑩的眼睛。

「朱古力！你陪我去！」我央求著。

「牛奶糖！你自己去，不去拉倒，咱們回家去！」

這個朱古力倒愛捉弄人，明知我好奇心重，不看清楚不會罷休。

我只好顫著腿子，心中唸著「阿彌陀佛」，向池邊走去。

天啊！那裡是什麼「鬼眼」？池塘裡只有一幅瑰麗的奇景：千萬點青瑩瑩的光，散落湖中，一忽兒聚，一忽兒散。

「啊！螢火蟲都掉到池塘裡了！」

「牛奶糖，我問你：螢火蟲掉到水，還活得成嗎？這是池中蝦兒的眼睛啊！」

幸好沒有月亮，表哥看不到我臉上的紅暈。

今年的暑假，媽媽又帶我回鄉了。

表哥帶著我滿山跑，山中就是他的零食庫，不是糖果餅乾什麼的，而是熟透了的山棯、酸酸的油甘子、蜜蜜的桑棗（桑樹的果實），一種叫「酸味子」的嫩樹葉，還有烤熟了的鳥蛋。

回到家中，他從廚房裡掏出一把炒得金黃的東西給我吃。

「牛奶糖！吃點吧！這是天下美味呀！」

我吃了一粒，香香的，鹹鹹的。「這是什麼呀？」我問道。

「蠶蛹！」

「什麼？」我以爲自己聽錯了。

「蠶蛹！」他再高聲說了一遍。

千百條蠕動著的蠶兒立刻在我胃中出現，我張大了嘴巴，卻不能把那東西嘔出來。

舅母知道了，把他狠狠的訓了一頓。

晚上，爲了向我賠罪，他親熱的遞給我幾個烤熟了的蛋。

「是鳥蛋？」我問。

「不！是蛇蛋！」表哥低聲說。

我即時尖叫起來。幸好他用厚厚的手緊掩著我的嘴，不然，舅母聽了，他又有好受的了。

後來，他答應了天亮帶我到河邊釣魚，我才不揭發他的「罪行」。

表哥雖然很野，但卻十分孝順。舅母罵他，他不吭聲；婆婆打他，他也不還手。

記得刮風後的一天，他沒有把被風吹倒的籬笆及時修好，鄰家的雞走到菜田中吃菜葉。婆婆火了，抽起柴枝打他，他動也不敢動。

舅母患了感冒，他用個小瓦煲，蹲在地下，替媽媽煎藥，生怕藥濺出來了，連眼也不敢眨一下。

這份孝心，我倒是十分佩服的。

原文出自《哈囉》，香港：獲益出版事業有限公司，一九九八年三月三版。

周蜜蜜

曾任電視及廣播編劇、報章及雜誌社編輯、出版社策劃統籌等。作品曾獲市政局中文兒童讀物創作獎、青年文學獎、香港首屆「香港文學雙年獎」、中國第二屆張天翼童話獎、中華文化盃優秀小說獎及中國冰心兒童圖書獎。

風球下

「據天文台消息，現時八號風球已經掛起……」一個渾厚的男音，不厭其煩地通過無線電廣播、電視擴音器，在港九、新界的各個角落，反反覆覆地傳揚著。這一帶的街道，平日最是繁盛，車輛如流，行人如鯽，但現在，所有當街的店鋪，都放下捲閘，比鄰的住宅大廈，門窗緊閉。馬路上來往的車輛寥寥可數，行人道上，更是連人影也不多見。有誰不知道颱風襲港的恐怖呢？銀行停業，學校停課，寫字樓停止辦公，人們盡可能躲在家中或防風庇護站，憂心忡忡地等待著，防備著。

然而，何文志還是出門了，他走在這颱風席捲前夕的鬧市，卻如步入了處處布滿陷阱的魔域一般，陣陣怪風，挾著微雨，在頭頂掃來蕩去，把懸在高空

的招牌、鐵架弄得噹噹唧唧直響。何文志卻不理會，只是把披在身上的雨衣緊裹一下，又匆匆地趕路。

今天，是義務補習小組的活動日，從成立的那天起，就已經立下「風雨不改」的規條。此刻，他對眼前的景物並不怎麼留意，占據他心田的，只有海傍木屋區龍仔那張天眞而又調皮的小黃臉兒。

「呯呯！」忽然，前面傳來一聲爆炸似的巨響，把何文志嚇得幾乎跳了起來。就在一步之隔的地面上，剛有一塊玻璃凌空飛來，落地粉碎。風力加大了，徒步趕路，不僅危險性增加，而且連邁出腳去也覺困難。他看看手錶，快七點鐘了，天色很快就要全黑下來，時間不夠呢。可是，遇上這樣的鬼颱風，巴士、電車都停開，何文志不得已走出馬路，伸長脖子張望，啊，遠遠地有一輛的士（計程車）。他兩隻手一齊舉起來攔截，車還沒停定，他便迫不及待地一拉車門跳了上去，同時也講出目的地。

「一百元！」司機毫無表情地報了車費價目。

「什麼？一百元？坐電車才不過幾個站。」何文志驚愕得張大了眼睛。

「你不看看現在是什麼時候，有本事你就去搭電車嘛！」司機冷言相對。

何文志懊喪地打開車門下車，他身上只有三十塊錢，坐不起的士。沒有辦法，還是得靠自己的兩條腿。何文志低著頭，拔腿向海堤大道跑去。

呼——呼——呼，風乘雨勢，雨助風威，簡直要把人整個地包裹起來。何文志只能貼著路旁房屋的牆根，身子打橫地前行著，海堤下的海水，被風撩得發了瘋，捲起高高的黑浪，狂打著堤岸，似乎隨時都會湧上岸來。

何文志兩眼盯著沿堤的黑海，腦中浮現的，卻是另一幅圖畫。那海水應該是湛藍色的，海堤是寬闊的，上面有悠閒的遊人，也不時掠過嘻哈的笑聲。但最突出的，是一位上了年紀的老人，那就是何文志的祖父，他兩腳插入海水之中，手裡拿著個大筲箕，在不停地撈啊撈啊，撈到了大大小小的海蜆，就放在一起，好拿到街市擺地攤賣。文志剛好和現在的龍仔年歲相仿，赤著腳板，老想也把腳插到水中去，但祖父卻怒沖沖地揮動著筲箕，狠狠地拍他的小屁股：「走！這不是你來的地方，快回家讀書！」小文志很掃興，但他也不好違抗，他是全家幾代唯一的讀書人啊。自從父母出海打魚，遇上颱風失蹤之後，祖父把他接到石屋裡住，祖孫二人相依爲命。他入學讀書，是祖父最大的指望。無論如何，也不肯讓這唯一的寶貝小孫兒從事出海捕魚的生計。

「嗚——嗚——」一聲緊接著一聲的救傷車（救護車）警號由遠而近，何文志打了個寒顫，不知道什麼地方出事了？莫非是颱風吹倒了舊牆？抑或是山泥傾瀉？總之是有人受傷，救傷車風馳電掣般過去了，何文志還是腦子迷茫。他突然記起自己坐在救護車裡，和祖父最後道別的那一刻。那也是個風雨之夜，祖父在苟延的殘喘聲中，被人從石屋內抬上救傷車。就在車內嚥下最後一口氣，但還拚命張開嘴，艱難地對志文說：「一定要讀……讀好書！」那情景，文志是攝進腦海中，他也是憑著這一句話，一鼓作氣，讀完中學，再進大專。

「嗚——嗚——」又是一輛救傷車閃過，何文志就像被電一觸，呆了一下。那救傷車都是向前而去的，難道海傍木屋區……他來不及想，也不敢想，發力猛跑。

幾刻鐘之後，何文志終於來到海傍木屋區的路口，這裡停了幾部救傷車，四周圍了不少人，有警員、有救傷員，還有不少區內的居民。何文志急得猛力撥開人群，拚命地向裡擠，一邊叫著：「龍仔！龍仔！」

「喂，你要幹什麼？」一個警員大聲喝止，並伸手拉住文志，「這裡泥瀉塌屋，不准進入！」

文志只覺得頭上有如捱了一記悶棍，轟然作響。

「讓開！讓開！」兩個救傷員抬著擔架走過來了。文志不顧一切，挺身上去，要看個明白。啊，是一個小孩！頭部綁著繃帶，躺在擔架上。文志的心簡直要跳出喉嚨了，一手抓著擔架，張口叫道：「龍仔！」

擔架上的孩子一動也不動，繃帶蓋住了他半張臉，文志也看不清楚。救傷員推開文志，把擔架抬上車去。

「龍仔！」文志尖聲叫著要跟上去，這時候——

「文志哥！」忽地一隻小手抓住文志的臂膀。他聞聲有點暈頭轉向，又恍如置身夢中。

但龍仔，真的是龍仔，活生生地站在他的身後，還激動地搖著他的臂膀。

「龍仔，眞是你？」

「是我啊，文志哥，你來幹什麼？」

「我來給你補習啊！」

「補習？我家住的木屋倒塌了，我的書也被山泥洪水沖走了。」

「是嗎？你家人沒事吧？」文志不由得伸出雙手去擁抱龍仔。

「還好，不過我們現在沒地方住了，我也不知道會不會再去學校上課呢。」

「會的，會的。」文志努力勸慰著，像對自己又像對龍仔說：「我們這種人家，讀書眞不易，要爭氣，要爭氣啊！走，回校舍去！」

原文出自《風球下》，香港：眞文化出版公司，一九九五年七月。

寧寧觀鳥記

五月七日

朦朦朧朧地，我到了公園裡，看見一隻五顏六色的大蝴蝶，在青草紅花之間飛來飛去，漂亮極啦！追！我一定要把牠捉到手，製成標本，帶回班上去，看王強他們怎麼說？

「鈴——」一陣鬧鐘的響聲把我吵醒。完了，剛才的一切，只不過是個夢。我沒精打彩地翻身下床，走到洗臉間去。

「吱啾，吱啾！」窗外有清脆的鳥叫聲。

我探頭一看，哈！一團翠綠色的小東西，一蹦一跳地落到窗台上。我急忙擰一下自己的臉，喲！好痛！證明我不是在做夢。眼前的事是眞實的，一隻長著綠羽毛、紅嘴巴的小鳥，正傻傻地在這裡歇腳。牠比我夢中的蝴蝶要漂亮十倍哩！我以最快的速度，伸手一撲——好傢伙！這活生生、又好好看的鳥兒，現在就屬於我的了！我興奮地跑出飯廳去。

「寧寧，你眞是個貪玩的孩子，快到上學時間了，還捉什麼鳥？快放了吧！」媽媽說。

「不！我要養！」我苦苦地請求，終於爸爸答應買一個鳥籠回來，媽媽也隨手找出個舊鞋盒，讓我把鳥兒暫時放進去。然後，催我把早餐吃完，快去上學。

當我剛踏入課室門口，上課鈴聲就響了，好不容易，等到下課小息，我把捉到小鳥的事，一口氣告訴了王強、李明和胡偉立，他們既驚奇，又羨慕，一下課，就跟著我回家看鳥。

這時候，小鳥已被媽媽安置在鳥籠中。但見牠縮著頭，站在一角，不叫也不動。

「這是什麼鳥呀？沒神沒氣的。」王強說。

「我看不是好鳥，可能是人家不要了，你才撿回來的吧？」胡偉立的話講得很難聽，但卻引起衆人的譏笑聲。不一會兒，他們就一哄離去了。

我呆呆地對著鳥籠，難過得要命。媽媽過來說，這小鳥連米飯、雀栗也不肯吃，怕很難養活，勸我放了。

我搖搖頭，用手緊緊抱住鳥籠。

「吱啾，吱啾！」小鳥有氣無力地叫了兩聲，眞可憐！唉！如果我能聽懂牠的意思就好了。小鳥，你想要什麼？你知道嗎，我實在是很喜歡你的呀！

五月八日

因爲記掛著小鳥，我幾乎整天都沒心思聽課。下課後回到家，看見一位客人，背對著我，正用手逗弄籠裡的小鳥。我緊張地猛跑過去，他卻回轉身來，咧嘴一笑說：

「寧寧，你放學啦？」

我一愣，再大叫：「小舅，是你？你從外國留學回來啦？又可以和我玩了……」

「玩什麼呀？你小舅現在是動物學碩士，回來跟專家研究呢。」媽媽走來說。

「真的嗎？小舅！你看我這隻小鳥有得救嗎？」我趕忙問。

「什麼有得救沒得救的？這是隻相思雛鳥，根本沒有傷病。如果長大了，會叫得很好聽的。」小舅一面解釋，一面用手拿著一根竹籤，挑起一條小蟲要餵小鳥吃，而那隻小鳥，一下一下地啄著，吃得津津有味。和昨天比，簡直是兩副樣子。

「原來牠喜歡吃小蟲子，還要人餵！」我恍然大悟地說。

「是啊，牠才離開母鳥不久，還不會自己覓食，連飛也飛得不高不遠，所以才會落到你手中的。你眞要養牠，就來代勞吧。」小舅說著，把竹籤交了給我。

我很樂意這樣餵小鳥，更慶幸有這麼個見多識廣的小舅！

五月九日

我很快地把小舅教我餵鳥的事，一五一十地傳給同學們知，大家又相約到我家來了。我拿起竹簽和一小杯蟲子，便開始「表演」給鳥餵食。

可是，很奇怪的，籠中的小鳥側著頭，不時地發出「吱啾，吱啾」的叫聲，但卻總不肯吃我餵的蟲子。

「嘖，這隻鳥和我們上次來看，根本沒有什麼改變。」胡偉立說。

「看樣子也難養活。」李明插了一句。

「早知道這樣，我們也不來看了。」王強說著站起來要走。

「等等！不要走！」我急得淚水都快流出來了，想不到這隻小相思鳥是這麼不爭氣，令我在人前出醜。萬般無奈，只有向小舅求救了。

小舅接到我的電話，很快就趕來我家。大夥兒迫不及待地圍攏過去。

「噓——」小舅把食指壓在嘴唇下，示意保持安靜。然後，神情專注地傾聽一下小鳥的叫聲。接著，出人意外地把鳥籠掛到窗外去！

這是幹什麼呀？我們都覺得奇怪。小舅卻笑著眨眨眼，再伸手一指窗外的綠色樹蔭——

啊，那邊有一隻較大的、翠綠色的鳥兒，嘴裡銜著些什麼，正繞著小舅掛出去的鳥籠四周飛來又飛去；而籠中的小鳥，拍著翅膀，叫得愈來愈響了，似乎很想和籠外的大鳥親近。這時候大鳥好像聽懂了小鳥的呼叫，一下子飛撲在鳥籠上，再把口中的食物，送到小鳥的嘴旁。既像是餵食，又像是親吻。我驟然明白了，這是母鳥親自找上門來餵自己的鳥孩子哩。我覺得心內有一股暖流在激盪著。

「把小鳥放出去吧，牠的媽媽對牠眞好！」李明在我耳旁說。

「嗯，好的。」我用力地點了點頭。

「寧寧，你眞的捨得？」小舅故意問。

「我不捨得，但鳥媽媽更不捨得了。」我說出心裡的話。

「好！這樣想就對了。」小舅把鳥籠遞到我手中，我小心地把籠門打開。

「吱啾，吱啾！」小鳥歡快地叫了兩聲，又拍著翅膀，鼓起勇氣飛上了樹梢。

「吱啾啾、吱啾啾！」大鳥帶著小鳥，邊飛邊叫，可能是在和我們說再見和道謝吧，大家一齊鼓起掌來。跟媽媽在一起是幸福的！

五月十一日

今天是週日，小舅一早開車，載著我和幾個要好的同學，向新界元朗的方向駛去。沿途的風景很美麗，綠色的山和樹，襯托在粉藍色的天幕中，使人的眼睛愈看愈覺得明亮。

漸漸地，小舅把車子開到一個有漁塘和水草的地方，便停下了，讓我們下車，並告訴我們，這裡就是香港著名的「小鳥天堂」——米埔鳥類保護區。

「哎呀，鴨子！鴨子！」王強指著前面的水塘，有所發現地叫起來。

「這不是鴨子，是水鳥。看牠的翼，又尖又長的。」小舅說著，拿出一個單筒望遠鏡，讓我們輪流看，果然是這樣。

「爲什麼這裡會有各種鳥兒聚居呢？」胡偉立問。

「因爲許多在西伯利亞和中國北部繁殖的候鳥，冬天飛向南方求生，這裡是牠們補充營養的最後一站陸地。算起來，這裡有二百五十多種鳥類，差不多成了鳥類聯合國聚會。所以，香港野生生物基金會常在這裡舉行觀鳥比賽。而國際保護自然與自然資源聯盟，還把這一帶三百公頃的沼澤地，列爲重要的生物保護區哩。」小舅很有耐心地解說道。

「這地方眞好！小舅，你以後常常帶我們來看鳥，行嗎？」我趁機問。

「當然可以。在外國，很多小朋友從四、五歲起，就跟父母到野外看鳥，這比玩籠中鳥有意思多了。」小舅說。

「咦，那邊有隻鳥在怪叫。」李明說。

「那是屬於鸕類鳥，聲音尖銳且單調。」小舅判斷道。

「你怎麼一聽就知道？」王強驚奇地問。

「觀鳥和聽鳥是分不開的，有些聲音特別的鳥兒，只聽牠的歌唱，就可以分別開來。更有些鳥兒，四季的發音不同，就連求救和求愛的叫聲，也不一樣哩。」小舅饒有興味地說，聽得每個人都不由得信服地連連點頭。他不僅會看鳥，還會聽鳥，眞是關心愛護鳥兒的好知音！我將來長大了，也要像他那樣。

原文出自《寧寧觀鳥記》，香港：小島文化事業有限公司，一九八八年一月。

水上人家 香港生活故事選

2009年12月初版
2025年8月二版

定價：新臺幣280元

主編	霍玉英
繪圖	高佩聰
叢書主編	黃惠鈴
編輯	劉力銘
	呂淑美
	王盈婷
校對	王盈婷
整體設計	陳巧玲

出版者	聯經出版事業股份有限公司
地址	新北市汐止區大同路一段369號1樓
叢書主編電話	(02)86925588轉5312
台北聯經書房	台北市新生南路三段94號
電話	(02)23620308
郵政劃撥帳戶第	0100559-3號
郵撥電話	(02)23620308
印刷者	文聯彩色製版印刷有限公司
總經銷	聯合發行股份有限公司
發行所	新北市新店區寶橋路235巷6弄6號2F
電話	(02)29178022

編務總監	陳逸華
副總經理	王聰威
總經理	陳芝宇
社長	羅國俊
發行人	林載爵

行政院新聞局出版事業登記證局版臺業字第0130號

本書如有缺頁，破損，倒裝請寄回台北聯經書房更換。 ISBN 978-957-08-7771-7 (平裝)
聯經網址 http://www.linkingbooks.com.tw
電子信箱 e-mail:linking@udngroup.com

國家圖書館出版品預行編目資料

水上人家 香港生活故事選/霍玉英主編．
高佩聰繪圖．二版．新北市．聯經．2025.08．
136面．14.8×21公分．
ISBN 978-957-08-7771-7（平裝）
[2025年8月二版]

850.38596 114010908